遺言

新津きよみ

ハルキ文庫

角川春樹事務所

〈目次〉

序　章　実験　7
第一章　後悔　24
第二章　修正　61
第三章　現実　その1　100
第四章　過去　その1　126
第五章　現実　その2　177
第六章　過去　その2　205
第七章　現在　250
終　章　未来より　263

彼女の遺言

本書は、ハルキ文庫のための書き下ろし小説です。

序章　実験

1

「汚れた十円玉をぴかぴかにしよう」

先に思いついたのは、わたしだった。

「それ、おもしろそう。一緒にやろうよ」

わたしの思いつきに、時田《ときた》啓子《けいこ》が乗ってきたのだ。

――十円玉をきれいにする実験。

小学二年生の夏休みの自由研究は、それになった。

いまから四十六年前のことだ。

「誰かと組んで、共同で実験してもいいですよ」

担任教師のそんな言葉を憶《おぼ》えていたから、最初から仲のよい友達を誘って一緒にやろう
と思っていたのかもしれない。そして、当時、一番仲のよかった子が時田啓子だった。

学校の成績は啓子のほうがよくて、字はわたしのほうがきれいに書けた。それで、実験の段取りは啓子が決めて、啓子主導で実験を行なって、最後に模造紙に書くのはわたし、となったのではなかったか。

――なぜ、この実験をしたいと思ったのか。

おさいふの中の十円玉を見たら、きれいなもの、きたないもの、といろいろあった。家にあるいろんなしゅるいのちょうみりょうをつかって、全部きれいにしてみたかった。

――用意するもの。

よごれた十円玉。ちょうみりょうなど――水道の水。さとう水。しお水。しょうゆ。す。ケチャップ。ソース。レモンじる。牛にゅう。コーラ。マヨネーズ。紙コップ。

――実験の方法。

ちょうみりょうなどを入れた紙コップによごれた十円玉をつけて、三十分たったら取りだして変化を見る。実験けっかを表にする。

「宏美《ひろみ》ちゃんが清書したんだから、宏美ちゃんが持っててよ」

――よくこんなにたくさんちょうみりょうをあつめて、実験しましたね。二人ともがんばりました。よくできました。

したがって、担任教師の短い講評の紙が隅っこに添付された模造紙は、啓子ではなくわたしの手に戻された。だから、その後も、わたしがずっと持っていたはずだった。しかし、いつまでそれが自分の手元にあったのか、憶えていない。母が片づけるときに捨ててしまったのかもしれないし、何度か引っ越すうちにどこかに紛れて行方不明になったのかもしれない。

いずれにしても、もうこの世にはない気がする。

――いまなら、記念に写真を撮って大事に保管することもできたかもしれないけど。

当時の小学生にそんな頭はなかったし、子供が三人もいた母もわたし一人のためにきめ細かな対応をする余裕などなかったのだろう。

――ああ、大切にしまっておけばよかった。

そう後悔したのは、啓子の遺品の中に「実験ノート」を見つけたからだった。

小学二年生のときに「十円玉磨き」の実験をして、その結果に衝撃を受けて、それが将来自分の進む道を決定づけた、とそんな大げさなものでもなかったのだろうが、啓子は国立大学の理学部に進んだ。いまでいう「リケジョ」のはしりである。

わたしはといえば、典型的な文系女子で、英語の本が読みたいという理由で短大の英文科へ進んだ。本当は四大へ行きたかったが、下に弟も控えていたため両親の顔色を見てわがままを言うのを遠慮したのだった。卒業後に食品会社に就職、イベント会場で知り合った男性と結婚、出産を機に会社を辞めて子育てに専念、時間ができたところでパート勤めをするという平凡な人生を歩んだ。二人の子供はすでに独立し、二つ年上の夫は、一昨年から大阪に単身赴任している。夫の転勤について行かなかったのは、東京のベッドタウンと言われる埼玉県戸田市にローンを組んで購入した庭つき一戸建てを、空き家にして荒らしたくないからだった。

一方、大学院の修士課程を終えて、文具会社に就職した啓子は、接着剤を研究開発する部署に配属された。一時的にほかの研究に専念した時期もあったかもしれないが、そのあたりは文系のわたしにはよくわからない。たまに会って仕事の話になるたびに、彼女の口から「乾きの早い接着剤」とか「色つきの接着剤」などという言葉が出たので、ああ、接着剤畑の研究開発を専門的にしているのか、と納得したのだった。もっとほかにもいろいろ仕事の話をしてくれた気もするが、そのあたりもよく憶えていない。聞き流していたのか、彼女に比べて少ない量のお酒で酔ってしまうわたしが、会った翌日記憶をなくしてしまっただけなのか。相当なポストに就いていたのかもしれないが、名刺交換をするような他人行儀の仲でもなかったので、これもよくわからない。

もともと「実験」にはさほど興味はない。「十円玉磨き実験」にしても、いま憶えているのは、「ケチャップに漬けた十円玉が意外なほどきれいになった」ことくらいで、どの調味料に漬けた十円玉が「少しきれい」になったのか、「ぴかぴか」になったのか、「変わらない」状態だったのか、表の○△×の数や位置はうろ憶えだ。その後、再度、同じ実験に挑戦してみようと思い立ったこともない。

要するに、平凡な主婦のわたしと違って、啓子は三十年も研究者として専門職に就いていたわけだ。独身のままだったから、仕事に打ち込んでいたのは想像にかたくない。結婚を考えた時期もあったらしいが、仕事に没頭しすぎて婚期を逃したようだ。一緒に飲んだとき、愚痴をこぼしかけた啓子は、しまったという顔をして言葉を濁した。それで、それ以上深くは詮索できなかった。お堅い印象の啓子にも人並みに浮いたうわさの一つや二つはあったということだ。

そんな仕事ひと筋の啓子が病魔に侵された。

「余命半年と告げられて三か月たったから、あと三か月だね」

病院を見舞ったときに、あっさり告げられて、わたしは声を失った。

そして、本当に三か月後に啓子は逝ってしまった。

彼女の遺品の中にあったのが「実験ノート」だった。「宏美に渡したいものがあるから」と、病室で言われてはいた。「何？」と聞くと、「わたしが死んでから見てね」と言う。ひるんだものの、重い空気を吹き飛ばすように「形見ってわけ？」と冗談めかして切り返すと、「そう受け取ってもらっていいよ」と啓子は微笑《ほほえ》んだ。その諦観したような寂しげな笑顔に胸が詰まった。

——香川《かがわ》宏美様

わたしあての啓子の遺品——形見は、分厚い本が何冊か入るくらいの大きさの段ボール箱に入っていて、箱の蓋にはわたしの名前を書いたシールが貼ってあった。それを宅配便で送ってくれたのは、岐阜県内に住む啓子の三歳上の姉だった。

包装紙のあいだに封筒が入っていて、啓子の姉の字でこう書かれていた。

――「わたしが死んだら、友達の香川宏美さんにこれを送って」と、妹から頼まれていました。箱にはあらかじめガムテープが貼ってあったので、わたしは中身を知りません。妹の意思を尊重して、中身を知らないままに宏美さんにお渡しします。五十四歳という享年は若すぎる気もしますが、妹は独り身で、伴侶も子供も持たなかったこと、両親より先に旅立たなかったことがせめてもの救いです。

啓子の父親は、彼女が就職した年に病気で急死し、母親も三年前に七十九歳で亡くなっていた。

ガムテープの封をはがして箱の中をあらためると、青い表紙のノートが一冊と緩衝材にくるまれた瓶が入っていた。中身は赤い液体のようだった。

ノートに手紙が挟まれていた。

2

宏美がこの手紙を読んでいるころ、わたしは黄泉《よみ》の国に旅立っていますよね。

死んだらどうなるのか。

茶毘《だび》に付されて肉体がなくなれば、当然、脳味噌《のうみそ》や臓器もなくなるから、何も感じなくなるのか。それとも、魂だけは残ってその土地の木々や石ころや建物などにしがみついて、地縛霊みたいになって永遠に生き続けるのか。その魂が新たな肉体にとりつき、消滅したらそこを抜け出て、ふたたび新しい肉体に、という器を変えての魂の循環を続けるのだろうか。そしたら、それが「生まれ変わり」という現象になるのだろうけれど……。

わからない。科学では解明できない。

わたしのまわりには、そんな研究をまともにやろうとする人はいない。いや、いなかった、と言うべきですね。

死後の世界にいるいま、ここがどんなところで、自分が何を感じているのか、宏美に伝える術《すべ》がないのがもどかしいです。

宏美は、世紀の大発見とか画期的な発明、というものをどうとらえますか？

こつこつと地道な研究を重ねた末に、ある日、ある瞬間に、その世紀の大発見や画期的な発明にたどり着く、と思いますか？

わたしも研究職に就くまでは、そう思っていました。論理的な思考のもとに何度も実験を繰り返し、ある一つの確固たる結論を導き出すのだと。

ところが、試行錯誤を重ねながら、日々実験を続けるうちに、研究開発には「ひらめき」が不可欠だと気づいたのです。

料理と同じです。たとえば、このあたりで、あれを混ぜてみようかな、と思ったりしますよね。カレーにチョコレートを入れたら、味に深みが出てよりおいしくなったとか。チョコレートを隠し味にしたらどうか、と最初に考えた人は誰なのかしら。彼、あるいは彼女が、カレーにチョコレートを入れた場合の化学反応を想定して、あるいは化学式を計算して、それから実際にカレーにチョコレートをひとかけら混ぜてみたと思う？　そんなふうには思わないでしょう？

——ここにチョコレートをひとかけら、加えてみたらどうだろう。辛いカレーに甘いチョコレート。おもしろい組み合わせかもしれない。

彼、あるいは彼女は、そんなふとした思いつきから「実験」してみただけじゃなかったのかしら。そしたら、結果的にカレーにこくが生まれておいしくなった。

要するに、偶然なのです。偶然の産物。

カレーにチョコレートを入れたらおいしくなった、という偶然の結果が先にあって、それから、「なぜおいしくなったんだろう」と、逆にたどって原因にたどり着く。そのプロセスが研究なのでは？

というわけで、わたしがこれから言おうとしていることも、その偶然の産物にすぎないのです。Aという物質にBを混ぜたら、いえ、AにBを浸したら、信じられないような結果に至ったという……。

――なぜだろう。

大学で応用化学を専攻した研究者としてのわたしは、その「なぜ」を突き止めようと試みました。つまり、「実験」を「証明」しようと試みたけれど、だめでした。

そして、「なぜ」という原因を突き止めて「証明」するよりも、その「実験」がもたらす結果をより確実なものにするほうに心血を注いだほうがいいと悟ったのです。そのときはまだ病気が発見されてはいなかったものの、もしかしたらわたしに残された時間は短いのでは、という予感が胸の奥底にあったのかもしれません。

それから、時間を見つけては、繰り返し実験しました。

宏美は憶えているかしら。小学二年生の夏休み。汚れた十円玉をいろんな調味料や液体に浸してきれいにする。そういう自由研究を二人でやりましたよね。あのときは、単なる興味から行なった実験で、十円玉の成分について調べたり、なぜきれいになるか理由を書いたりはしなかったですよね。大人になったいま、宏美も知っていると思うけど、青銅硬貨である十円玉は、銅が九十五パーセント、亜鉛が三から四パーセント、錫《すず》が一、二パーセントという割合でできていて、表面の黒ずみは、空気中の酸素と銅が反応して酸化することによって生じ、その酸化銅は酸性の液体に溶けやすいのですよね。

あれと同じ実験を、大人になってふたたびすることになるとは思いませんでした。

用意するものは、十円玉。

用意する調味料は、たった一つ。亡くなった母の形見の梅酢。

その梅酢は、母の母、すなわちわたしの祖母から受け継がれたものらしいのです。祖母が梅酢作りが好きだったことは、母から聞かされていました。塩漬けした梅干しを取り出したあとの梅酢は、身体《からだ》によいからと飲んでいたのか、茗荷《みょうが》を色づけしたりと料理に使っていたのか……。小さいころに瓶に入った赤い液体を見たおぼろげな記憶は残っているものの、それを飲んだ記憶はわたしにはないのです。

母の死後、しばらくは実家を片づける気にはなれませんでした。重い腰を上げて、姉と二人で整理に着手したとき、納戸の奥から現れたのが緑がかったガラスの一升瓶に入った梅酢でした。一升瓶いっぱいに入っていたのではなく、半分くらいの量でした。

姉は捨てようと言ったけれど、何となくわたしにはためらわれたのです。祖母の代からの梅酢。長い歴史をわたしの代で途切れさせるわけにはいきません。

それで、日本酒が入っていたコンパクトな瓶をきれいに洗って、それに入れ替えて持っていました。

——母が保存していたことに何らかの意味がある。

そういう思いもありました。

母は自分の母親、つまり祖母のことを「不思議な力を持った女性」と評していました。

母が子供のころ、妊婦の膨らんだお腹《なか》に祖母の手を当ててもらうと安産になる、そんな評判が近所に広まっていたとか。超能力でも秘めていたという意味でしょうか。その真偽のほどはわかりません。超能力を持っていたという祖母を畏れる気持ちがあったのでしょう、それで母自身は梅酢作りはしなかったのかもしれません。

――ここに、汚れた十円玉を浸してみよう。

それは、まさに「ひらめき」でした。純真な小学生時代に戻りたい、という遊び心から生まれたものだったのかもしれません。

コップに梅酢を入れ、十円玉を浸しておいたけれど、朝になるまでそんな「実験」のことなど忘れていました。予想どおり、十円玉は錆《さび》がとれてきれいになっていましたが、予想以上にぴかぴかになっていて驚いたのも事実でした。硬貨に艶と輝きが戻って、製造した直後の未使用のような状態になっていたからです。

硬貨を裏返すと、「10」の文字の下に製造された年度がくっきりと読めました。

昭和五十二年。わたしが高校二年生のときに作られた十円玉。

「ああ、懐かしいなあ」

思わず、そうつぶやいていました。若かったあのころ。未来に希望を持っていたあのころ。父も母も永遠にわたしを守ってくれるだろう、と楽観的に考えていたあのころ。少しだけでもあのころに戻ってみたい。身体の内側から郷愁が呼び起こされたというか、ふつふつと熱い感情が迸《ほとばし》り出てきました。

製造年の五十二という漢数字を見ていたわたしは、時間が過去に巻き戻るような、意識が遠のく感覚に襲われました。

いいえ、確かに、意識を失ったのです。

気がついたら、わたしは高校の部室にいました。所属していた生物部の部室に。

最初は、夢を見ているのかと思いました。女子校だからという理由でもなかったけれど、うちの高校の部室の壁には鏡が飾られていて、そこに椅子に座った制服姿の自分が映っていたのだから。

鏡の横に貼られた印刷会社名が入った大判のカレンダーは、一九七七年のものでした。昭和五十二年。きれいに磨かれた十円玉の製造年と同じです。

——あんな実験をしたから、こんな夢を見たのかしら。

しかし、夢見心地というような浮遊感はまったくありません。

頰をつねってみる、などという漫画チックなまねこそしなかったものの、

——夢であれば、五十を過ぎた自分が女子高生の制服姿になっていて、顔はおばさんのままのはず。だから、これは断じて夢ではない。

一般的な夢の特徴を思い起こして、わたしは「現実」だと確信しました。

「今日は、早いね」

そこに入って来たのが、同じ生物部の近藤美千子《こんどうみちこ》でした。彼女も当然のように制服姿で、

姿形も女子高生です。卒業後に開かれた同窓会で一度会ったきりの彼女です。

「あっ、ううん」

喉から転がり出た声が記憶している自分の声とは違い、高くて透き通った声でした。

「あれ、どうだった？」

近藤美千子は、「あれ」の中身を明らかにせずに、顔をしかめて話しかけてきます。

「どうって……」

わたしはうろたえました。夢であればやりすごせます。でも、これは限りなく感覚が現実に近いから……。

「わたし、今回は自信がない」

彼女は、情けなさそうに肩をすくめると、「やめよう、その話は。それより橘祭《たちばなさい》」と声を弾ませて、本棚のほうへと向かいました。

橘祭。それは、わたしが通っていた高校の文化祭の名称です。そうか、文化祭が近づいているんだ。季節は夏。だったら、もうそういう時期だよね。その準備のために部室にきたのだ。そんなふうに納得したら、さっきの「あれ」が補習期間中の化学の小テストのことだとするすると理解できました。開け放たれた部室の窓から、突然のように蟬《せみ》の鳴き声が雪崩《なだ》れ込んできて、両目を含むわたしの五感は一段と覚醒したようでした。

——正体がばれたらどうしよう。

早くもそういう恐怖にとりつかれていました。外見だけ女子高生で、内面は五十歳を過ぎたおばさん。そんな正体がこの近藤美千子に悟られてしまったら。大体、二年生のときの化学の試験の内容なんて憶えていないし。いろいろ話しかけられたら、どう受け答えをすればいいのか。

けれども、そのときの不安は一時的なもので、「覚醒」が窮地からわたしを救ってくれました。

今度も、気がついたら、わたしは「現実の自分」に戻っていたのです。

壁の時計で時間を確認すると、十円玉の製造年を凝視してから五分ほどが経過していました。五分間、わたしは限りなく現実に近い夢を見ていた計算になります。

——あの梅酢には、人体に何らかの幻覚作用をもたらす成分が含まれている。

その後、あのできごとを不可思議な現象と思いながらも、努めて冷静に仕事をし、淡々と日常生活を送っていたわたしは、そう一つの結論を引き出しました。しかし、わたしは、あの梅酢を飲んだわけではありません。十円玉を浸してぴかぴかにしただけです。匂いくらいは嗅いだかもしれないけれど、鼻から吸収した成分が限りなく現実に近い夢を見せるような作用をもたらすのか。

年季の入った梅酢の持つ不可思議な力——魔力——を恐れて、それから二か月は棚の奥にしまいっぱなしにしていました。

ところが、研究者としての好奇心が徐々に頭をもたげ、ついには抑えきれなくなって、ある週末、ふたたびその実験をしてみたのです。初回の実験では、何事も起こりませんでした。それで、ああ、あれはやっぱり夢だったのか、と思い込もうとしたのですが、一度きりの実験では諦めきれません。

その後も、休日のたびに実験を繰り返しました。梅酢の量を調整し、十円玉を漬ける時間を調整し、十円玉の製造年を吟味して……。とはいえ、出張もあれば、体調の悪い日もありますす。実家に行く用事ができたりして、すべての休日を実験にあてられたわけではありません。いま思えば、すごく悔しいのですが。

一年二か月に及ぶそれらの実験の結果が、宏美に送った「実験ノート」に記されています。

試行錯誤を経て、わたしなりに出した結論は以下のとおりです。

5ccの梅酢を水で薄めた50ccの溶液を計量カップに入れ、汚れた十円硬貨を日付をまたいで五時間浸しておく。そうやって、ぴかぴかになった十円硬貨の製造年の漢数字を一心不乱に見つめると、その製造年の実験時と同じ日時に五時間だけ意識が戻れる。一度使った梅酢と十円硬貨は効力を失う。

梅酢の量と、十円玉を浸す時間。それらは、有限である梅酢を無駄にしないように注意しながら実験を繰り返した末に導き出した、「過去にタイムスリップするために」もっとも効果的だと思われる量と時間です。水で薄めた梅酢の量は、50ccぴったりでなくともよいのでしょうが、誰が行なっても同じ結果に至るためには「レシピ」のようなものが必要だと考えたのです。実験と切り離せないのは、再現性。それは常識です。

実験を繰り返した中で、もっとも長時間過去に滞在できたのが五時間でした。さらに実験を進めれば、より長期的な滞在が可能になったかもしれませんが、残念ながら病気が見つかって、体力的にも精神的にも続けられなくなったのです。

このような本職から離れた奇妙な実験がわたしの身体を蝕《むしば》んだとは思いたくないし、宏美もそんなふうには受け止めないでくださいね。でないと、わたしは浮かばれません（笑）。

梅酢とこの実験ノートをあの世まで持って行くことも考えましたが、人生でたった一つの誰も成し遂げなかった大きな実験とその成果だと自負しています。誰かに渡さずにはいられない。そうでなければ、死んでも死にきれないのです。

すぐに思い浮かんだのが宏美の顔でした。

小学二年生の夏休みに、一緒に同じ実験をした仲間。結婚してからも、独身の偏屈なわたしと唯一気長につき合ってくれた小中学校の奇特な同級生。わたしが四月十日で、宏美が四月十二日。誕生日が近い者同士という親近感もあります。

わたしの実験の成果を宏美がどう扱おうとかまいません。捨てようと、誰かにあげようと。

とはいえ、わたしは宏美を信じているのです。魔法の液体とも呼べるこの梅酢を、宏美なら慎重かつていねいに取り扱ってくれるに違いないと。友達の悪口を決して言おうとしなかった宏美の意思の強さや熱い魂、まっすぐな正義感を信じているのです。

そういうわけで、この「魔法の梅酢」と「実験ノート」を宏美に託すことにしました。

わたしの遺志を継いで、どうか有効に使ってください。よろしくお願いします。

第一章 後悔

1

掃除機のスイッチを切ったら、電話の呼び出し音が耳に飛び込んできた。いつから鳴っていたのか。

香川宏美は、掃除機のホースを床に置くと、あわててカウンターへ駆け寄った。神奈川県海老名市の実家に年老いた両親が住んでいるが、先月、八十四歳になる父親が倒れて入院したばかりである。幸い、大事には至らずに退院できたが、何分にも高齢である。またいつ何が起こるかわからない。電話が鳴ると、すぐに両親の異変を想像してしまうのだ。

妹の家族は遠く離れた九州に住んでいて、弟の家族は平塚市内に住んでいるから、埼玉県戸田市のここよりは実家に近いが、弟やその妻に頼りきりになるわけにはいかない。

「もしもし」

香川です、と名乗らずに出ると、

「俺だけど」

と、若い男の声が答えた。

自分を「俺」と呼ぶのは、次男の雄大《ゆうだい》である。長男の清志《きよし》は、両親の前でも「ぼく」で語る。

「雄ちゃん？」

こちらから呼びかけて、宏美はハッとした。「俺や兄ちゃんも含めて、若い男から電話がかかってきたら要注意。余計なことはしゃべるな」と、雄大本人から諭されている。

「ああ、そうだよ」

相手はそう言い、「あのね」と続けたあと、ごほん、と咳払《せきばら》いをした。

「走ってきたから声がかすれちゃって。俺、大変なことしちゃってさ」

声質に言及したら、こちらも要注意、とやはり次男から言われている。

「どうしたの？」

半信半疑で、宏美は聞いた。

「あのさ、さっき、地下鉄千代田線に手形入りの鞄《かばん》を置き忘れたんだよ。時間が迫っていてさ、何とかできないかな」

「忘れ物センターかどこかに問い合わせたら？」

声質が雄大とは違う、とは感じていたが、まだ本人ではないという確証が百パーセント得られたわけではない。今年二十七歳になる雄大は、大手鉄鋼会社の営業部門に勤めていて、手形の決済を頼まれることがないとは言えない。

「そんな時間はないんだよ。いま十時だろ？　今日中、三時までに何とかしないと。お金、立て替えてくれないかな」

「いくらなの？」

「一千万円」

普通預金にはないが、定期預金を解約すれば何とか用意できる額だ。

「わかった」

「えっ？」

驚きと安堵《あんど》、二つの感情が入り混じったような反応があった。

「いちおう、用意できるかどうか、こちらも確認したいから、一度電話を切っていい？　お母さんがかけ直すから」

「あっ、そうそう、いま持っているのは、会社から持たされているケータイなんだ。急いでるんだよ。で……」

「会社用のケータイなら、番号知ってる。じゃあ、そこにかけ直すから」

宏美はそう返して、電話を切った。会社用のケータイなど、雄大は使っていない。心臓の高鳴りを感じながら、雄大の携帯電話にかける。仕事中であれば、留守番電話にメッセージを吹き込んでおくつもりだった。

「何？」

ところが、雄大はすぐに電話に出た。外回りの途中のようで、人の話し声や車の音が聞こえてくる。

「雄ちゃん、一千万円の手形入りの鞄、千代田線の車内に置き忘れた？」

「えっ、何だよ、それ」

「やっぱり、うそだったのね」

肩から力が抜けた。五パーセントくらいは本当かも、と思っていたのだった。

「うちにもかかってきたのよ、『俺だけど』って電話」

「振り込め詐欺か」

雄大は大きなため息をつくと、「いまはお母さん、一人なんだから気をつけてよ」と、少し甘えた口調でたしなめた。

「よかった。雄ちゃんがすぐに出てくれて。そうでなかったら……」

詐欺に引っかかっていたかもしれない、と言いかけて、宏美はやめた。仕事中の息子に余計な心配をかけてはならない。

「大丈夫。ちゃんと本人に確認してから、って決めているから」

そう明るい声で言って電話を切ると、宏美は椅子に座って固定電話を見つめた。振り込め詐欺の電話だとわかった以上、絶対に騙《だま》されない自信はある。まだ五十代。耳も遠くなければ、パートとはいえ仕事で社会とつながっている。世間知らずではないという自信もある。だが、相手は詐欺師である。息子たちと同い年くらいの青年が詐欺という犯罪に手を染める。恐ろしい世の中だ。その衝撃のほうが大きくて、電話の前で宏美は震えていた。

しかし、一時間たっても電話はかかってこなかった。勘づかれたと思って、諦めてくれたのかもしれない。あるいは、よそにターゲットを見つけたのか。

――不審な電話には長々と応対しない。すぐに切って本人に確認するか、第三者の意見を求める。

父親が単身赴任になり、母親がこの家で一人になることがわかったとき、家を出ている二人の息子にそうアドバイスされたのだった。そのアドバイスが功を奏した形だ。

昼になって、雄大から「その後、どう？　おかしな電話、かかってこない？」と、様子うかがいの電話がかかってきた。「異常ない」と答えると、「そう」と世間話にもつなげずに、雄大はそっけなく電話を切った。

――息子なんて、そんなものよね。

必要なこと以外、しゃべらない。まったく、お父さんと一緒だわ。宏美はため息をついて、自分一人の昼食を用意するために、台所に立った。そうめんをひと束茹《ゆ》でよう。昨日の夕飯の残りのゴーヤチャンプルをおかずにすればいい。

一人きりの食事は気楽ではあるが、会話がない食卓は寂しい。とりわけ、今日はパートが休みの日である。家にいるかぎり、誰とも話さないで一日を終えることも多い。

宏美は、週に三日、高齢者宅に食事を届けるサービスを請け負っている事業所で、弁当の盛りつけや食器洗いの作業をしている。夫の高志《たかし》が大阪に単身赴任になるとわかってから始めたパートで、ささやかながらも生きがいを感じられる仕事になっている。サービスを受ける高齢者の中には海老名の両親と年齢の重なる者もたくさんいて、彼らを通して離れて住む両親に親孝行をしているような気持ちになれるからだ。

簡単な昼食を終えると、宏美はダイニングテーブルの上を片づけた。家族が家を出て一人になったいまは、自分だけのためにテーブルが使える。食卓がたちまち作業台に変身する。

パート勤めのない日の午後は、図書館で借りてきた本を読んだり、趣味の「裂き織り」を楽しんだりするのが宏美の日課になっている。掃除や洗濯などの家事は、一人きりだから午前中にすべて終わってしまう。

裂き織りとは、古くなった着物などを細く裂いて紐《ひも》状にし、裂いた布を横糸に、綿糸を縦糸に織り込み、衣類や生活用品に再生する織物のことを言う。何年も前に夫と群馬県桐生市に旅行したとき、みやげ物屋の奥で本格的な機織り機を見た。そこで売られていたコースターなどの裂き織り作品の肌触りと色合いに魅せられていくつか購入したのだが、後日、通販雑誌で卓上の機織り機を見つけたときは、これだ、と胸が弾んだ。ちょうど義母が亡くなり、形見の古い着物の処分に頭を悩ませていたころだった。

――いつか時間ができたら、手芸に熱中してみたい。

子育て中からそう望んでいたが、子供たちに手がかからなくなっても、家族が家にいるあいだは落ち着かなくて、裂き織りを趣味にする心のゆとりがなかった。一人になってから、ようやくクローゼットの奥から卓上手織り機と義母の着物を引っぱり出してみる気になったのである。

時間はたっぷりあった。だから、作品もいっぱいできた。コースターから始まり、ランチョンマット、クッション、タペストリー、と次第に取り組む作品は大きなものになり、いまはストールやベストや帽子などのファッション関係の作品を織るのに夢中になっている。

亡くなった義母が母親から譲り受けたという紬《つむぎ》の着物は、裾や袂《たもと》がすれていた。それらを専用のカッターでていねいに裂いて、いままでで一番の大作である巻きスカートに仕立てようと奮闘中なのだ。まだ半分も仕上がっていない。

しかし、今日も十五分ばかり両手を動かしたところで、糸の引きつれに気がついた。このまま織り進めたら、いびつな形のスカートになってしまう。手を止めて、宏美は大きなため息をついた。集中力を欠いている。

集中力が続かない原因はわかっている。

——あれだ。

宏美は、台所のほうへ視線を投げた。流しの下にあの液体が入っている。瓶の中身は、「魔法の梅酢」らしい。「魔法の梅酢」と断定したくないのは、実験して確かめたわけではないし、実験以前に、啓子の手紙の内容を信じていないからだった。

しかし、親友から託された大切なものだ。破損しないように、箱に入れてしまってある。

「信じろ、と言うほうが無理よね」

自分から集中力を奪う対象を恨む気持ちもあって、宏美は気の重い表情のままつぶやいた。

啓子の死後、何か形見分けがあるとは覚悟していた。啓子が大切にしていた人形かもしれないし、アクセサリーの一つかもしれない。いろいろ想像してみたが、まさかあのような種類のものとは思わなかった。表紙に「実験ノート」と書かれた一冊のノートと、赤い液体の入ったラベルが剝がされた720㎖サイズの瓶。シールは貼られていなかったが、手紙の中で啓子が「魔法の梅酢」と書いていたとおり、宏美は心の中で「魔法の梅酢」と呼んでいる。とはいえ、見かけは単なる年代ものの梅酢にしか見えない。

啓子の姉の浅野《あさの》春枝《はるえ》が宅配便で送ってきたのが二か月半前だった。すぐに開封して中身を確認したものの、あまりに想定外の品物だったので、どう取り扱っていいのかわからず、とりあえず、ノートと梅酢とを分けて保管することにしたのだった。

——厄介なものを贈り物にしてくれたな。

それが、正直な気持ちだった。手紙に書かれていた「慎重かつていねいに」を忠実に守って、当分のあいだは紛失しないように大事に保管しておけばいいだろう、と考えたのである。

いまの自分の気持ちは、最初の「タイムスリップ」のあとに「魔法の梅酢」の威力——魔力——を知って怖くなり、瓶ごと棚の奥にしまいっぱなしにしていた啓子の気持ちに近い、と宏美は思う。得体の知れないものには、なるべくかかわりたくない。そういう心理が働いている。

——実験ノートごと、病を得た啓子の妄想で、創作ではないのか。

そういう疑いも晴れないでいる。

超能力に近い不思議な力を持っていたという祖母から受け継がれた梅酢。その先入観のせいで、梅酢に浸したあとのきれいに磨かれた十円玉の製造年を見つめているうちに、おかしな感覚に陥ったのではないか。

すなわち、啓子は幻覚を見たに違いない、と宏美は解釈したいのだ。あるいは、わずかな時間、白昼夢を見たのか。

しかし、実験ノートまでわざわざ創作するだろうか。

まだ蓋を開けて嗅いではいないが、「魔法の梅酢」が幻覚作用をもたらす可能性は否定できない。一種の危険ドラッグみたいなものか。鼻から吸引しただけで気を失ったり、気分が高揚したり、興奮状態になったりする。そんなものは恐ろしくて触れない。だから、梅酢を持ち出す勇気はないが、実験ノートならば読み返せる。志半ばで孤独のうちに亡くなった親友である。たとえ創作だとしても、ノートくらいは真剣に読んであげてもいいのでは……。

どうせ裂き織り作業が進まないのだから、と宏美は、キャビネットの中から実験ノートを取り出してきた。

一度ざっと目を通してはいたが、覚え書きみたいなものであり、自分へのメッセージのようなものは見当たらなかったので、日付とページ数だけ確認して読み飛ばしていたのだった。

一回の実験につき一ページを費やしており、通しの番号が打ってある。実験数は、合計で二十九回。一年二か月あまりのあいだに二十九回。その回数が多いのか少ないのか、判断する基準がないのでわからない。が、結果的に「汚れた十円硬貨を日付をまたいで梅酢に浸しておく」のが効果的だと判明したからには、二日がかりの実験日数が必要だったということになろう。土日が休みの啓子の場合、日程的に、週末、つまり金曜日の夜から日曜日にかけて、あるいは祝日の前日と祝日にしかゆっくりと実験が行なえない。

実験を行なう日は週末に集中していて、土曜日が圧倒的に多い。単純計算すれば、一年間で百回近い実験ができる計算になるはずだが、実際には記録された実験数は三十弱だ。啓子も手紙に書いているように、休みの日がすべて自分の自由になるわけでもなかったのだろう。出張もあれば、実家に帰省したり、ショッピングに出かけたり、とさまざまな用事はあったはずだ。体調や気分に左右される日もあっただろう。

その上、「魔法の梅酢」には量に限りがある。見たところ、残りは大体２００cc弱といったところか。実験を始める前、納戸で見つけたときは、一升瓶に半分くらい入っていたというから、もっと量は多かったはずだ。貴重な「魔法の梅酢」を大切に使いたい、無駄遣いしたくないという気持ちが、慎重に、相応の覚悟で実験する姿勢につながったのかもしれない。

一回目の実験の日付は、二年前、二〇一二年十月十三日、土曜日。その日の記述は以下のとおりだ。

梅酢20cc。
午前八時から午後三時まで七時間。
平成十五年製造。
きれいにはなったが（新品に近い状態になったので、やはり魔法の梅酢か?）、身体には何の変化も見られず。

最初の実験に、啓子は平成十五年製造の十円玉を使っている。いまから十一年前。四十三歳のころの自分は何をしていただろうか、と宏美は当時を振り返った。息子たちは、浪人生と高校一年生。あのころの自分は、子供たちの将来に思いを馳《は》せ、神経をぴりぴりさせていたのではなかったか。夫は働き盛りで、その六年前に購入した家のローンを返済するのに必死だった。宏美も家計を助けるために、子育てに支障のない範囲でクリーニング店のパートを始めていて、転居先の戸田市でも、しばらくは雑貨店にパート勤めをしていた。

——啓子が平成十五年製造の十円玉を選んだことに、何か意味があるのだろうか。

ふと疑問に思ったが、そのあたりに関しては何も言及されていない。

二回目は、その月の二十一日。日曜日。使用する梅酢の量は前回と同じ20ccで、この日は前回より一時間長く、八時間浸している。使用した十円玉は平成十四年製造。前回の一年前のものだ。そこに啓子のどんな意図があるのかは、やはり書かれておらず、二回目も「変化なし」という記述があるだけだ。

三回目は、十一月三日。文化の日の土曜日だ。十円玉を梅酢に浸す時間を二回目よりさらに一時間延長し、梅酢を30ccに増量している。使用した十円玉は平成十七年製造。が、やはり、結果は「変化なし」である。

そして、ここでようやく啓子の中に三回までの実験を顧みる気持ちが生じてくる。

十一月のその後の休日には出張が入ったり、実家に帰省したりの用事が入ったのだろうか。あいだがあいて、四回目は十二月二十二日の土曜日まで飛んでいる。世の中がクリスマス気分に浮かれていたころだ。

実験ノートのその日の文章は、「三回までを振り返って」で始まっている。


三回までを振り返って――。

八月のあの体験は、やはり、幻覚だったのだろうか。

あるいは、うとうとして、ふと見たつかのまの五分間の夢だったのか。

梅酢の成分を改めて調べてみたが、ごく普通の梅酢と判明した。成分のわからない物質は検出されず。

三回の実験で、すでに梅酢を70ccも使ってしまった。

梅酢の量と十円玉を浸す時間。それをどう組み合わせるかが問題。順列組み合わせじゃないが、気が遠くなるほどの組み合わせが存在する。

だから、原点に戻る。八月のあの日、なぜ五分間もタイムスリップできたのか。あのときと同じ状況を再現してみればいいのでは？　と言っても、細部まで思い出せない。思い出せるのは、十円玉を梅酢に浸していた時間帯。夜寝る前から朝にかけてだったから、午前0時をまたいで二日にわたって浸していたことになる。

次に、梅酢の量だが、コップに入れた量は、大体50ccくらいだったと思われる。

啓子は、三回までの実験がなぜ失敗したのか、反省点を書き出して、独自の分析を試みたようだ。その結果、四回目は、十円玉を浸す時間を土曜日の午後十一時から日曜日の午前七時までとし、梅酢の量は50ccにしている。八月のあの「限りなく現実に近い夢」状態を再現するために、なるべく同じ条件下で実験してみたのだろう。しかし、使用した十円玉は平成二十三年のもので、製造年が比較的新しい。もし実験が成功してタイムスリップできたときに、遠い過去では何か支障があったのだろうか。

八月に成功したときの条件に近づけて実験した啓子だったが、実験の成果は表れなかった。

――軽いめまいが起きたが、変化はなし。

最後に、一行だけの簡単な結果報告があるだけだ。

五回目。啓子は、またもや新たな反省点を見つけ出している。それについての記述はないが、五回目から最後の実験まではずっと梅酢に水が加えられているから、八月のタイムスリップ成功時に、コップに少量の水が含まれていたことに気づいたに違いない。五回目の実験では、水と梅酢の量を半分ずつの25 ccにしている。

同時に、四回目に生じためまいの症状を、啓子が大いなる奇跡の前ぶれと受け止めた可能性も感じられる。その証拠に、五回目と六回目の実験の内容はまったく同じで、四回目に使った十円玉をふたたび用いて、四回目と同じ時間帯に溶液に漬けている。

だが、結果は、五回目も六回目も同じ。

――変化なし。

である。

そこで、はたと立ち止まり、首をかしげる啓子の姿が宏美の脳裏に浮かんでくる。八月の成功時との違いがもう一つあったのを彼女は見落としていたのだ。

それは、十円玉の製造年である。タイムスリップに成功したときの十円玉は昭和五十二年製造のものだったが、実験で使用したのはすべて製造年が平成のもの。そこに違いがあるのでは、とようやく啓子がそこに思い至ったのではないか、と宏美は実験ノートから読み取った。

そして、七回目。啓子は、成功時と同じ昭和五十二年製造の十円玉を使用している。自分の財布や家中の引き出しの中から見つけたのか、銀行で何度も両替えしてやっと見つけた貴重な十円玉なのか。

水と梅酢の量は25 ccで半分ずつ。浸す時間は同じ。

ところが、啓子の期待は見事にはずれた。「変化なし」の文字の筆圧が心なしか弱い。しかし、である。七回までの試行錯誤や失敗を経ての八回目。はじめて一分間のタイムスリップに成功しているのだ。

水30cc梅酢20cc。
午後十一時から午前七時まで八時間。
昭和五十五年製造。
約一分間、昭和五十五年二月十七日にタイムスリップ成功！
場所は、自宅。
梅酢を水の量より少なくしたのが成功の要因か。

タイムスリップした一分間についての詳細な記述はない。タイムスリップした日時や場所について書かれているのみだが、一分間とはいえタイムスリップに成功した要因を彼女なりに分析した記述は興味深い。

――やっぱり、啓子は研究者ね。

宏美は、ノートに目を落として大きくうなずいた。いつのまにか、亡き親友の実験の世界に引きずり込まれている。

九回目の実験では、ほかの条件を同じにして、製造年が平成の十円玉でも成功するかどうかを試している。試した結果、やはり、「一、二分のタイムスリップ成功」を導き出している。

それ以降、二十回までは、水と梅酢の量を増減させたり、溶液に漬ける時間を変えたりしての実験が続く。「変化なし」という記述が消えたかわりに、「一分?」「五分?」「三分?」という不安定なタイムスリップ時間の数字が現れる。

——梅酢の量を減らしたほうが、つまり、溶液を薄くし、溶液に浸す時間をさらに短くしたほうがタイムスリップ時間が延びる。

実験を重ねるうちに、啓子はそのことに気づいたのだろう。

二十一回目の実験で、水45cc梅酢5ccの溶液に日をまたいで五時間浸した結果、五時間のタイムスリップに成功という、啓子が手紙に書いた輝かしい「レシピ」に行き着いている。もっとも、これも手紙に書かれていたように「偶然の産物」かもしれない。たまたま、その分量とその時間に設定したら、五時間のタイムスリップが可能になったのだろう。

その後は、それが確実かどうかを二度同じ硬貨と溶液で実験し、再現できないとわかったのちは、「一度使用した溶液と十円玉は効力を失う」と結論づけて、同じ条件下での実験を一度繰り返して「再現性」を確認するという手順を踏んでいる。

その後、溶液の量を微妙に増減させたり、浸す時間をやはり微妙に調整したりして、五時間以上のタイムスリップが可能になる道を探っている。

もしかしたら、そのころすでに啓子は身体の異変に気づいていたのかもしれない。十月には四回実験を行なっているものの、集中的に実験を続けたい時期のはずなのに、十一月に一回、十二月に一回と回数が激減している。病院通いが始まったのだろうか。尋常でない体調の悪化を知って、実験どころではなくなったのか。

ラスト三回、二十七回から二十九回までは、すべて「レシピ」どおりの実験で、タイムスリップ時間は五時間。その三回の実験では、ともに同じ製造年の十円玉が使われている……。

そこで、宏美は実験ノートを閉じた。かすかな疲れを感じた。

発表を前提にまとめたノートではなく、その時点では、自分だけわかればいいという書き方だったのだろう。タイムスリップ時の詳細な描写が省かれているのが残念だが、実験にかける啓子の情熱は伝わってくる。その熱っぽさに気圧《けお》されたのかもしれない。

――わたしが過去にタイムスリップできるとしたら、いつに戻りたい？

啓子の実験ノートをすっかり信用したわけではないが、そんなふうに考えてしまう自分がいる。

――戻りたい過去？

即座に思い浮かばない。

いまの夫と結婚する前に、熱烈に好きになった人がいたわけではない。あのとき自分から告白していれば違う人生があったのにとか、なぜこんな人と結婚してしまったのか、などという恋愛面での後悔は、結婚前も結婚後もないのだ。さっきの詐欺事件ではないが、過去に大きな事件や事故に遭ったり、犯罪や災害に巻き込まれたりした経験もない。あのときもっと注意を払っていれば、あのとき別の選択をしていれば、あれほどの喪失や損失を被らずに済んだのに、という後悔につながるケースには思い当たらないということだ。

——劇的なドラマが一つも起きない人生よね。

宏美は、自身の五十四年間を振り返って改めてそう思う。

もし、本当に、啓子が遺したものが過去にタイムスリップできる「魔法の梅酢」であったなら、過去に戻って人生をやり直せるチャンスにつながることになる。まさに、貴重な機会を与えてくれる「魔法の梅酢」だ。

——啓子は、人選をあやまったのではないか。

なぜ、よりによってわたしなのか。宏美は、心の中で苦笑した。これでは、宝の持ちぐされではないか。それほど貴重で、それほど大事なものであれば、もっと身近な人間に預けるべきだ。啓子の両親はすでに他界している。夫や子供はいなかったにせよ、血のつながった姉がいるではないか……。

そこまで考えて、宏美はハッと胸をつかれた。

──本当に、わたしには戻りたい過去はないのか。できれば、過去に戻ってもう一度人生をやり直したい、人生を修正したい。そう後悔していることはないのか。

「わたしにはない」

宏美は自問してから、声に出して自ら答えた。そう、わたしにはない。だけど、わたしの家族にならある。息子の清志の人生にならある。

──あんな女と結婚させるんじゃなかった。

宏美の胸に、熱く苦い後悔の念がこみあげてきた。

2

今日の夕飯のメニューは、主菜が白身魚の和風きのこあんかけで、副菜としていんげんのゴマあえと厚焼き卵とブロッコリーのおかかあえの三品がついている。

宏美は、三グループに分けられた容器の一つ一つに、手際よくしゃもじで米飯をよそっていった。糖尿病を患っている人には、塩分と糖分を控えめにした主菜と副菜が用意されている。顧客の年齢や要望に応じて摂取カロリーが決められている。米飯の量もきっちり決められているのだが、仕事に慣れた宏美は、もう計らなくても目分量で正確に米飯を盛りつけることができる。

「この人は、小さい茶碗《ちゃわん》軽く一杯だから、百十グラムね」

「この人は、中くらいの茶碗一杯で百六十五グラム」

単純作業でも楽しめるようにと、小声でつぶやきながらリズミカルに盛りつけを続けていると、

「香川さん、テレビに出られますよ」

と、背後から女性の明るい声がかかった。

「おはようございます」

宏美は手を止めて、自分より二十歳若い同僚に笑顔で挨拶をした。この職場では、午後から出勤しても挨拶は「おはようございます」である。

永井《ながい》絵里《えり》は、「このあいだ、お弁当屋さんのご飯盛りつけ名人、って女性がテレビで取材されていたんですけど、わたし、うちにも取材にきてほしいなと思って」と、両頰にえくぼを作りながら早口で言った。童顔に似合わず、体格はがっしりしていて、小柄な宏美のかわりに高いところの鍋などを取ってくれる気さくで親切な年下の同僚だ。

「ご飯盛りつけ名人?」

「ご飯を百グラムなら百グラムぴったりによそうんですよ。一グラムの狂いもなく。それだったら、香川さんもできるでしょう? 香川さんのほうがその人よりずっと美人で、テレビ映りもいいし」

「そうかな。宏美さんって、明るい性格でいいじゃないですか？」と、

「そんな、わたしなんて……」

「そういう奥ゆかしいところもいいですよ、香川さんって」

永井絵里は、いたずらっぽく宏美にウインクを送ると、「こっちのはいいですか？」と、長テーブルにセットされた蓋の閉まった弁当箱の列を指差した。

「ああ、そっちはできてます。お願いします」

顎の先で示してから、宏美は自分の仕事に戻った。

弁当箱を数えながら大型のトレイに載せ、永井絵里は事業所の外に停《と》めてあるワゴン車へと運ぶ。それを二度繰り返すと、「じゃあ、行ってきます」と、彼女は元気よく言って配達に向かった。まだ夕飯には早い時間だが、契約世帯に早めに届けて、各家庭で食べる時間まで冷蔵庫で保管してもらうのだ。小学生と幼稚園児の娘がいる永井絵里は、「空いた時間に仕事ができるし、子連れでもOKだから働きやすい」と、半年前から配達業務に就いている。小学生の娘の下校時間や、幼稚園児の娘の預かり保育のお迎え時間までには終わる仕事だが、臨時休校や休園のときなどは自家用車に子供を乗せて配達をする。

永井絵里と入れ替わりに、洗い場担当のパートの女性、南《みなみ》が出勤してきた。福祉施設や幼稚園などから回収した食器やズンドウなどを洗う係りだ。宏美は洗い場の手伝いを少しすると、時間になったので職場をあとにした。

——やっぱり、わたしも絵里さんのように、自家用車持ち込みの配達業務をやろうかし

ら。

自転車での自宅までの帰路、宏美は本気で考えていた。調理補助や食器洗いよりも配達のほうが時給が高い。時給のよさに惹《ひ》かれたわけではないが、たとえば、高齢者の自宅に自分の手で弁当を届ければ、彼らと直接顔を合わせて話すことができる。いろんな人と会えるし、それだけ世界が広がる。以前、一人暮らしの八十代の女性の家に配達に向かう永井絵里に「これ、お弁当と一緒に届けてくれる？」と、自分で作った裂き織りの鍋敷きを渡したら、「おばあちゃん、すごく喜んでいましたよ。こういうのがほしかった、作った人にお礼を言ってくださいね、って」という報告をのちに受けた。そのときの感動が忘れられない。自分が配達係りになれれば、弁当と一緒に裂き織りの小さな作品を手渡せる。顧客の喜ぶ顔がじかに見られる。達成感も高まるはずだ。

しかし、このパートを始めるにあたって相談したときに、一度、家族に反対されている。夫と長男はそれほどでもなかったが、次男の雄大が猛反対したのだった。

「営業車じゃなくて自家用車での配達だよ。それって、危ないんじゃないの？　事故を起こしたらどうするのさ。お母さん、そんなに運転がうまいほうじゃないし。弁当を十個か二十個、いや、三十個くらい配るの？　三十軒車で回るって大変だよ。住宅街のごみごみしたあたりで、駐車するのもひと苦労だろう。パートだったら、おとなしく弁当の盛りつけしたり、食器を洗ったりしていればいいじゃないか。それで充分だろ？　大体、自分の車を持ち込めなんて、それってブラック企業じゃないの？　事故っても、『自己責任だ』なんて言われておしまいだよ」

最初は、「お母さんがやりたければいいんじゃないの」という態度だった夫と長男も、雄大の言葉に感化されて、反対に回ったのだった。

「何よ、昔は、お休みのたびにお母さんが早起きしてお弁当作って、車を出してグラウンドまで送り迎えしたでしょう？　お父さんは忙しかったから、塾の送り迎えだって、全部お母さんがしたのよ。いまさら、車の運転がどうのこうのとか、危ないから、なんて言われたくないわ」

宏美は、息子たちが小さいころのエピソードを持ち出して抵抗したが、多勢に無勢、無駄だった。

「もし、どうしても配達のパートをする、って言い張るのだったら、俺がうちの車、東京のアパートに持って行くからね。駐車場の空きだってもう一つくらいあるだろう」

と、雄大に言われて諦めた。スーパーや市役所に行くのにアシがなくては困る。雄大には、就職祝いに夫が新車を買い与えている。

――母親の行動を制限し、母親から自由を奪うのは息子、か。

宏美は、内心で自嘲ぎみにつぶやいて、カーポートの隅に自転車を停めた。

今日は、長男の清志が家に来ることになっている。「話がある」と、宏美が呼んだのだ。

その清志は、思ったより早くやってきた。帰宅した宏美が手洗いを済ませた直後だった。

「ずいぶん早いのね」

電気ポットのお湯の用意もできていない。「はい、おみやげ」と差し出されたクッキーを清志から受け取って、宏美は困惑ぎみに言った。

「だって、今日は休みだよ」

清志は、ふてくされたように返して、居間のソファにどっと座り込んだ。清志が勤務しているオフィスビルやマンションなどのメンテナンスを請け負う会社は、木曜日が定休日だ。会社は都内の大崎にあり、清志は赤羽の賃貸マンションから通っている。

「疲れているみたいね」

上着も脱がずにソファにもたれかかっている長男に、宏美はカウンター越しに声をかけた。残暑も過ぎたころでエアコンはつけていないが、早足で歩いたりするとさすがにまだ汗ばむ。

「朝から家の中のこと、いろいろやってきたからね」

そう答えたあと、清志はハッとしたようにいきなり姿勢を正した。背中を起こし、「疲れてなんかいないよ」とわざとらしく否定し直した。

「朝から家事をこなしていれば、疲れるでしょう。疲れてあたりまえよ」

「だから、疲れてないいって」

清志は、口元を歪《ゆが》めるとかぶりを振った。

「休みの日は、あれやって、これやって、って早苗《さなえ》さんにうるさく言われているんでしょう？」

「そりゃ、共働きだから、家事は分担してやってるさ。彼女が仕事の日は、当然、ぼくがやるよ。ふだん、手の回らない水まわりの掃除とかね。今日はレンジのまわりを磨いたけどさ」

「清志の負担が重すぎるんじゃないの？」

「そんなことはないよ」

「早苗さん、何でも清志に頼って、甘えすぎなんじゃないの？」

そんなことはないよ、とふたたび繰り返して、それ以上言うな、というふうに清志は手を伸ばしてリモコンを取るとテレビへ向けた。中途半端な時間帯らしく、画面に映し出されたのはニュースではなく、二時間ドラマのミステリーの再放送だった。

「何だよ、つまんないな」

しばらくチャンネルをあちこち替えてみてから、清志はテレビを消した。

「そっちのテレビは直ったの？」

紅茶をテーブルに運んで、宏美は探りを入れてみた。

「ああ、まだ修理に出してないけど。二人とも忙しくて、そういう時間ないんだ」

清志は、自分で持ってきたクッキーにかじりつきながら答えた。息子の家のテレビが壊れていて見られないと知ったのは、ひと月も前のことだった。結婚を機に購入したものだから、まだ九か月。壊れるには早すぎる。

「早苗さんが壊したんじゃないの？」

宏美が意を決して聞くと、清志はビクッとしたように身体を震わせた。そのセリフを言うために、結婚して家庭を持った息子を実家に呼んだのだった。

「そうでしょう？」

「違うよ」

否定する清志の顔がこわばっている。

「だったら、どうして壊れたの？　まだ買って日が浅いのに」

「わからないよ。相性が悪かったんだろう。電化製品って、使う人間によって相性が合ったり、合わなかったりするみたいだから」

「そんな話、聞いたことがないわ」

ゆるやかに首を振って、宏美は息子の秘密の領域に踏み込んだ。

「早苗さんが怒りに任せてテレビめがけてものを投げつけたか、イライラした早苗さんがどこかのコードを切ったかしたんじゃないの？」

清志は答えない。

「そうなのね？」

「違うよ」

答えはしたが、弱々しい声だった。

「じゃあ、見せなさい」

宏美は身を乗り出すと、清志の右腕を引っぱった。不意をつかれて、清志は前のめりになった。宏美は、すばやく上着の袖をめくり上げた。

「やっぱり」

そして、大きなため息をついた。わが子の右腕の肘から数センチ下あたりに楕円形《だえんけい》の青い痣《あざ》ができている。殴りかかられるか、ものを投げつけられるかして、顔を利き腕で防御したときにできた痣だろう。これを隠すために、夏でも長袖で通していたに違いない。

「早苗さんに暴力を振るわれているのね？」

「やめろよ」

清志は、三十歳の青年らしい強い力で腕を振り払ったが、その声はやはり弱々しかった。

「事実かどうか、ちゃんと答えて」

答えるかわりに、清志は、さっきの母親と同じくらいの大きなため息をついた。

「夫が妻に暴力を振るわれるケースって、いまは珍しくないそうよ」

だから、潔く認めなさいよ、と心の中で続けて、宏美は息子の顔を見つめた。ＤＶの被害に遭うのは妻だけではない。妻の家庭内暴力に怯《おび》えている夫が増加している、と先日新聞で読んだばかりだった。

「一時的なものだよ」

しかし、清志は、妻である早苗に暴力を振るわれていることは認めたものの、彼女を擁護するような言い方をした。

「一回殴られただけだって、暴力は暴力よ」

その言い方が腹立たしくて、宏美は声を荒らげた。

「でも、あなたたちの場合、一回きりじゃないでしょう？　じゃあ、身体のあちこち見せてごらんなさい。痣だらけじゃないの？」

見せてみなさいよ、と上着を脱がせにかかった母親から逃れるために、清志は立ち上がってソファの裏に回った。

身体の痣など見せてもらわなくても宏美にはわかっていた。

——あの女ならやりかねない。

結婚前はすっかり騙されていた。笑顔で初顔合わせのテーブルに同席し、〈清楚《せいそ》でやさしそうなお嬢さんだこと〉と目を細めていた自分が愚かだった、と腸《はらわた》がよじれるほど苦々しく思う。

「早苗さんって、見かけによらず、性格のきつい人なんじゃないの？」

今度は答えるかわりに、清志は立ったまま肩をすくめた。

「男女に関係なく、自分の感情をコントロールできなくなって、思わず手が出てしまう人がいる。早苗さんがそうじゃないの？」

「だからさ」

と、清志は、気分を害したように声を張り上げた。

「何なんだよ。話がある、って言われてきたのに。ぼくはまた、お母さんが何か違うパートを始めるかどうかするからって、その相談だと思って……」

「こちらからあなたたちにする相談なんてないわ」

母親にきっぱりと言われて、清志はひるんだように顎を引いた。

「お母さんはね、あなたのことが心配なのよ」

「大丈夫だよ」

「大丈夫じゃないでしょう？　暴力妻にテレビまで破壊されて。お母さんが一番心配しているのは、あなたの身体のこともあるけど、それ以上に清志、あなたが反撃に出たときなのよ。早苗さんの暴力が一時的なものじゃなくて、エスカレートしていったらどうなるか。あなたが下手に出ているのをいいことに、いいえ、おとなしい夫に苛立《いらだ》ちを募らせて、早苗さんの行動はエスカレートしていくに決まってるわ。あなたがいつまでも耐えていられるとはかぎらない。反撃に出たら、所詮、あちらは女、男の力のほうが強いに決まってるじゃないの。早苗さんに怪我《けが》でもさせて、騒がれてごらんなさい。あなたの立場が悪くなるのよ。警察に駆け込まれて、新聞沙汰にでもなったらどうするの。あなたには、DV夫、ってレッテルが貼られるのよ。それが仕事にも影響して、いずれは……」

「大げさだよ」

「何が大げさなのよ。夫婦二人きりでいる場面を想像しただけで、お母さん、頭がどうかなりそうなほど不安になるのよ」

「そんなこと言っても……」

清志のポケットの中で携帯電話が鳴って、会話は中断された。画面を見た清志の表情が引き締まり、母親に背を向ける。その様子で、妻からだと宏美は直感した。

「ああ……うん……わかった」

聞き役になって相槌《あいづち》を打つだけの通話が終わり、清志は母親に向き直った。

「早苗さん、何だって？」

「歯磨き粉が切れてるから買っといて、って」

「そんなことで電話してくるの？」

「いいだろ、別に」

「あなたがうちに来ているのを知ってて、かけてきたんじゃないの？」

「戸田に行くとは言ってあったけど、偶然だよ」

「歯磨き粉くらい、会社帰りに早苗さんが自分で買えばいいじゃない」

早苗は、中央区にある通信販売専門の化粧品会社のコールセンターに勤めている。

「そういう暇がないから、仕事が休みのぼくにかけてきたんだろう」

「清志がやさしすぎるからよ。何でもかんでも引き受けるから、早苗さんがつけあがるのよ」

「いいだろう。どっちが歯磨き粉を買おうと。ほっといてくれよ」

上着の袖を直すと、清志が玄関に向かおうとしたので、宏美はあわてた。

「もう帰るの？」

「話は終わっただろう？」

「終わってないわよ。あなたたちの家庭が危機的な状況にあることを認めてもらって、どう解決したらいいか、話し合ってもらわないと」

「そのうちおさまるよ」

妻のＤＶが、という意味だろう。

「そんな保証ないでしょう。お母さんが早苗さんに話をするわ」

業を煮やして、宏美はついに言った。もうここは、母親の自分が介入するしかない。

「やめてくれよ！」

すると、清志はいままでにないくらい語気を強めて、母親を睨《にら》むようにした。

「そんなことしたら、余計、彼女は……」

「癇癪《かんしゃく》起こして、暴れるのね？」

「ああ」

覚悟を決めたように言い、清志はソファに戻ると、母親に促されずとも自ら語り始めた。

「彼女がイラついている理由はわかってる。彼女の仕事って、電話で客の苦情を聞く部分が大きいんだよ。マニュアルでは絶対に口答えをするな、まずは謝りなさい、と教えられている。理不尽な要求をしてくる客や、だらだらと身の上話をしたりする客もいて、彼女の鬱憤がたまっていく。そもそもいまの仕事は彼女にとっては不本意なんだよ。上司と衝突して、いまの部署に異動させられたとかで。ぼくのほうも夏のボーナスが思ったより悪かったし、なかなか二人の休みは合わない。買いたいものも買えない。そんなこんなで、いろいろと予定が狂って、一緒に盛岡に帰省できなかった。それで、彼女はストレスをためこんでいるんだよ」

「だからって、早苗さんがあなたに八つあたりしていい理由にはならないでしょう？」

「それはそうだけど……」

「きちんと話し合わないとだめでしょう？　いまの状況を改善すべく、あなたから切り出さないと」

「うん」

清志は、腕組みをしてうなずいた。

わかっているけど言い出せないか、切り出そうとしても、彼女の激昂《げきこう》した態度に圧倒されてたじたじとなるか、いずれかだろう、と宏美にはわかっていた。自分が産み育てた息子がどういう性格か、百も承知している。清志は口下手で、要領が悪く、相手に強い態度に出られると言い返せず、下を向いて押し黙ってしまうような子だった。それでも、いじめられっ子にならずに済んだのは、恵まれた体格のせいだったのだろう。昔からクラスで一番背の高かった清志は、現在では百八十六センチあり、電車の中ではほかの乗客より頭一つ飛び出ている。

――気はやさしくて力持ちの清志君ですね。

――もう少し自己主張ができるようになればいいですね。

小中学校では、通信簿に必ずその種のコメントを添えられたものだ。クラスの子たちが敬遠する力仕事やトイレ掃除なども厭《いと》わず黙々とこなしていたので、教師には気に入られていた。

「家計は早苗さんが管理しているの？」

聞くまでもないと思ったが、いちおう確認してみた。

「うん」

「あなたのお給料、全部早苗さんに渡しているんだったら、家計のやりくりは妻の才覚。

すなわち、早苗さんがやりくり下手ってことじゃないの。お母さんが二十三で結婚したとき、お父さんはまだ二十五歳でお給料は安かったけど、お母さんが一生懸命工夫してやりくりしたのよ。家計を助けるためのパートも、子育てに影響しない範囲でやったし。この家のローンだって、がんばってやりくりして、繰り上げ返済にこぎつけたんじゃないの」

「お母さんの時代とは違うんだよ」

繰り返されたやりくりという言葉に過敏に反応したのか、清志は憤然として顔を上げた。

「結婚したら女性が専業主婦でいられた時代、給料が右肩上がりだった時代なんて、はるか昔、夢の国の話なんだよ」

「わかったわ」

興奮して肩を上下させている息子に、宏美は静かに言った。ここはもう引き下がろう。頭をある考えが占めていた。

「お母さんはね、いまのままだと、家庭に平穏が訪れないでしょう、と言いたいだけ。あなたたち、近い将来、子供もほしいんでしょう？　だったら、いまのような荒《すさ》んだ家庭であってはいけない。健全な家庭を築けるだけの地盤をいまから固めておかないと。それは、清志も充分承知しているわよね？」

「わかってる」

と、今度は息子が静かに言った。

「彼女も子供をほしがっている。もう三十だしね。それもあって、イライラを募らせているんだよ。彼女の大学時代の友達が、このあいだ出産してね、その友達の実家は都内で、保育園の空きが出るまで、赤ん坊の世話を自分の母親にしてもらっているんだ。そのおかげで、友達は普通に通勤できている。そんな友達の恵まれた環境を見て、うらやましくなったんだろうね、『実家の近い人はいいなあ』って、ため息をついていたよ」

早苗の実家は盛岡にあり、彼女は大学に入るために上京して、卒業後はそのまま都内の会社に就職した。清志と早苗が知り合ったのは、二年前。清志の勤める会社の関連会社の創立記念行事が都内のホテルで催されたとき、ちょうど同じフロアで早苗の会社の懇親会が開かれていた。二次会に行くメンバーがロビーに流れる途中、二つの会社の中で年齢の近いグループが自然と生まれ、合流する形で居酒屋へ繰り出したのだという。「わたし、背の高い人が好きなの」と、店では早苗が清志の隣に座り、自分から話しかけてきたというきさつは、「彼女を紹介したいから」と、息子に初顔合わせの席をセッティングされる前に聞かされた。最初から結婚する気満々だったのは早苗のほうで、わが息子は手玉にとられたのだ、と二人の入籍後にようやく宏美は気づいたのだった。早苗は、積極的にアタックする過程で、清志が何でも自分の言いなりになる、長身で力持ちのやさ男だといち早く見抜いたに違いない。

「実家が遠くて自分の母親に頼れないのだったら、夫の母親に頼ればどう？　すぐ近くにいるのだから」

答えはわかっていたが、頭をもたげた意地の悪い気持ちがそんな言葉を口から吐き出させた。

「できるわけないだろう」

案の定、清志はぶるぶると首を左右に振る。

「電化製品と同じで、相性が悪いから？」

清志が使った言葉を用いて皮肉っぽく切り返してやった。お嫁さんに嫌われているのは、これも百も承知している。気のせいなんかではない。嫌われている証拠を、宏美自身が新婚家庭で見つけたのだった。

「とにかく、絶対に彼女には電話しないでくれよね。いいね？」

清志は、そう念を押してから玄関へ向かった。

第二章　修正

1

秋風を肌で感じられるようになったら、そろそろ衣替えの季節だ。宏美が寝室のクローゼットの整理を終えて階下に戻ると、夫の高志がＤＶＤデッキをいじっていた。

「映画でも観《み》るの？」

クリーニングに出す予定の衣類を抱えて、宏美は聞いた。単身赴任になる前は、休みの日は自宅で映画を観たり、本を読んだりして静かに過ごすことの多かった高志である。宏美は映画館で映画を観たいほうだったが、高志は、「ポップコーンの匂いの中で観るのはたまらない」と言う。結婚後は夫に影響されて、映画館から久しく足が遠のいている。

「ああ、いや。中に入っていたの、出していいかな」

「どうぞ。昨日、観終えたから」

レンタルショップで借りたまま忘れていた恋愛映画だった。ポルトガルを舞台にした、主要登場人物は中年の男女が二人だけというしっとりした地味な映画である。内容はどうでもよく、リスボンをはじめとした観光名所を見られただけで満足だった。

洗面所を掃除して戻ると、高志は、ソファに身を乗り出してテレビ画面に見入っていた。

「何よ、それ」

白いTシャツに白衣をはおり、藍染めのエプロンをつけて、頭に白い手拭いを巻いた恰《かっ》幅《ぷく》のいい初老の男性が、木目調のテーブルの前で仁王立ちしている。半袖の白衣から突き出た腕に若者のように筋肉がついている。

「あっ、これはね……」

高志は、あせった表情でリモコンを操作して画面を停止させると、きまりの悪そうな顔を妻に振り向けた。

「そば粉の選び方」

宏美は、画面の下の表示を読み上げた。それが、すなわち「答え」だった。

「そば打ちを始めたの？」

「まだだけど、これから始めたいと思ってる」

高志は、照れくさそうに答えてから、言葉を重ねた。「あっちでさ、『ちょっと不便なところですけど、うまいそば屋がありますから』って、取引先の人に連れてってもらったんだな。最初は、串かつ文化の大阪にうまいそば屋なんかあるわけないだろう、と疑っていたんだけど、食ったらびっくり。これが、本当にうまいんだ。そば屋の主人に聞いたら、『昔は、証券会社に勤めてました』って言うから、またまたびっくり。脱サラで始めて、奥さんと二人で切り盛りしている店だとか」

宏美は、「へーえ、そば打ちねえ」とだけ受けると、夫の隣に座った。「一緒に観ましょうよ」

「いいの？」

「もちろん」

ソファに二人で並んで、しばらく画面を観ていた。そば打ちの名人と称されるその世界では著名な男性による、初心者向けにそばの打ち方を指導するＤＶＤのようだった。

「面白い？」

静かに観ている妻を訝《いぶか》しがったのだろう。そば粉の生地を丸く延ばしたあと、麺棒の持ち方を教えるところで、高志は画面をストップさせた。

「つまらなくはないけど」

と答えて、宏美は微笑《ほほえ》んだ。大阪に転勤になって二年、高志は月に二度のペースで週末に自宅に帰る。そのリズムにもお互いに慣れてきた。宏美は、ほどよい距離感が夫に対して自分の態度を寛大なものにさせているのだと思う。夫が食べることを想定せずに夕食を用意する。それがどれほど気楽なことかを身をもって知った。

「本格的に始めてもいいかな、そば打ち」

高志は、遠慮がちに切り出す。

「わたしに断らなくてもいいんじゃない？」

「ああ、うん、だけど……」

「もっと大きなことを考えているとか？」

口ごもった夫の態度で、何となく察せられた。

「大きなことって？」

自分の口からは、やはり言い出しにくいらしい。

「定年退職後、どこかでそば屋を開きたい、とか？」

高志は妻の問いには答えずに、「大学時代の先輩がさ、定年まで二年を残して早期退職したんだよ」と、友人のケースを引き合いに出した。宏美には、夫の話の展開がほぼ読めていた。

「その先輩、高校の教師をしていたんだけど、休みの日は近くに畑を借りて家庭菜園をしていたんだよ。だけど、いつか本格的に農業をやりたいと思っていたらしくてね。体力があるうちに、と一念発起して、栃木のほうで物件を探したら、農地付きのいい物件が見つかった。それで、早速、そこに移住したというわけなんだ」

「奥さんも一緒に？」

「それが……奥さんは嫌がった」

高志は肩をすくめると、小さく舌打ちをした。

「もともと都会で育った人でね、虫とか日焼けとかが大嫌いな人だったらしい。先輩のほうは、奥さんがガーデニング好きだから、本格的な農作業もＯＫだと思い込んでいたようだけど」

おしゃれなガーデニングや都会の家庭菜園とは違うのよ、と宏美は内心で苦笑したが、言葉にはしなかった。

「それで、先輩だけあっちに移住しての別居、となったようだけどね。定年退職後の生き方を巡って離婚ってケースもあるそうだけど、先輩たちのケースは卒婚というらしい。結婚生活から卒業して、別々の場所でそれぞれの道を歩む。そういうスタイルだってさ」

「わたしたちもそろそろ、定年退職後の第二の人生を考える時期かしら」

「まあね」

先輩の例を挙げて遠回しに語ろうとする夫の意図を、宏美は汲《く》み取ってあげた。

妻がまとめてくれてホッとしたというふうに、高志はため息をついてから、言葉を継いだ。

「君の夢は、『老後は海外旅行を楽しみたい』だったよね？」

「そう言ったことがあったわね」

夫は妻の夢を忘れずにいてくれた。あるいは、レンタルした洋画のタイトルで思い出したのかもしれない。宏美は、海外旅行をしたいとは思っている。新婚旅行でハワイに行ったきりで、その後、夫婦での海外旅行経験は一度もない。

「どこに行きたい？」

「歴史がある国がいいな。イタリアとかスペインとか東欧とか。オランダやベルギーもいいと思うし、やっぱり、フランスやイギリスも一度は行ってみるべきかと思ったりするし」

ヨーロッパに偏った世界地図を思い描きながら言い、宏美は、ふふふ、と笑った。「一度きりなら、どこでもいいわ」

「どこでもいい？」

妻の投げやりな言い方に不安を覚えたらしく、高志は眉をひそめた。

「だって、そんなにあちこち旅行ばっかりしていたら、お金が続かないじゃない。わたしたち、年金生活になるわけだし」

「まあ、そうだな」

「老後の生活設計をどうするか、それが大事でしょう？　あなた、先輩のようにどこかにいい物件を見つけて、おそば屋さんを始めたいんじゃないの？」

なかなか言い出せずにいる夫に、宏美は水を向けた。相手の顔色を見て出方を決める。

ストレートに物事を言えない。夫のそんなところが長男の清志に受け継がれたのかも、などと思う。隣の朝霞《あさか》市に住んでいた義母が病を患ったとき、週に一度、宏美がパートのない日に車を出して通院に付き添った。同居していた公務員の義兄には仕事があったし、義兄の妻は運転免許を持たなかったから、宏美が付き添いを買って出たのだった。送迎は一年半続いたが、母親に尽くしてくれたことで、夫は自分に恩義を感じているのだろう、とも思う。義母はその後亡くなったが、宏美への感謝の言葉を残してくれた。

「ああ、まあ、できれば。だけど、そば打ちを習うのはあくまでも趣味だよ」

「そうよ。最初は、誰でも、何でも、趣味で始めるものよ」

「そうだよな。がつがつ働かなくてもいい、趣味のそば屋なんていいと思うね。週に三回、開けるだけの店とか。朝打った分が終わったら、夕方には閉めちゃう店とか」

妻の理解を得られたらしいと思ったのか、高志の舌は滑らかになった。

「よく雑誌に載っているだろう。コーヒー好きの夫が喫茶店を始めて、陶芸好きの妻が店内をギャラリーみたいにして作品を飾る、とか。あるいは、その逆とか」

「テレビでもそういう番組、よくやってるわ。定年退職後の夫婦の生き方に焦点を当てた番組」

「夫がそばを打って、妻が裂き織りの作品を飾る、そういうのはどう?」

饒舌《じょうぜつ》になったところで、妻の作品であるソファのクッションを手に取ると、高志は目を輝かせた。姑《しゅうとめ》の黄八丈を裂いて織り上げたクッションは、宏美が会心の出来を誇る作品だった。だから、つねにそばに置いて、独特の艶が出るまで思う存分使い込みたいのだ。

「あ……」

不意打ちを食らって、宏美の口から声が漏れた。そうだ、そういう道もあるではないか。急に目の前が開けた気がした。自分の指先が編み出した裂き織り作品は、わが子も同然である。どれも可愛《かわい》い。一人でも多くの人の目に触れてほしいし、手に取ってもらいたい。ギャラリーのようなスペースが設けられれば、その夢が叶《かな》って嬉《うれ》しい。作品が売れればなおのこと嬉しい。

「卓上手織り機なんかじゃなくて、もっとちゃんとした立派な機織り機を買えばいい。店の奥に工房スペースを作ってさ」

「あなた、それ、本気なの？」

「本気だよ」

「じゃあ、この家はどうするの？」

そば屋を開くような立地ではない。そば屋は近隣にすでに二軒あるし、裂き織りの作品を展示するからには、それにぴったりの自然に恵まれた環境の中であってほしい。たとえば、信州。それが遠ければ、そう、栃木でも、群馬でもいい。最初に本格的な機織り機を見て、自分の中の創作意欲がかきたてられた桐生あたり。

「処分して退職金と一緒に開業資金にあてるか、清志か雄大に譲るか」

二人の息子のどちらかに住んでもらうということだ。

「ここから通勤できるのなら、清志たちがここに住めばいいんだがな」

夫はそこまで考えているようだ。

「それは、賛成できない。あの二人には、ここに住んでほしくないの」

宏美は、頑として反対した。

「どうして？」

「早苗さんには、この家に入ってほしくないのよ」

「何だ、何だ、嫁姑問題か」

高志は、渋い表情でかぶりを振った。

「何かあったのか？　君とうまくいってないの？」

「あなた、早苗さんのことをどう思う？」

まずは夫の気持ちを確認した。

「どうって、別に何でもないよ。あの二人、うまくいっているんじゃないのか？　そろそろ子供も、ってころだろうし」

「あなたは離れていて、何も知らないからね」

宏美は、放り出すように言った。

清志と早苗が知り合ったのも、勝手に籍を入れたのも、高志が大阪に転勤になってからだった。二人は式を挙げず、友達中心の結婚披露パーティーだけで済ませた。「せめて、双方の親族で会食を」と宏美が提案したのを、「親戚の果樹園が忙しいから、もう少ししてから」と早苗に先延ばしにされて、顔合わせをしないままにいまに至っている。それでは気持ちが悪いので、宏美は早苗の実家に「落ち着いたら、どうぞこちらにいらしてください」と、挨拶がてらお招きの電話をしたのだった。が、先方からは「こちらにもいらしてください」の儀礼的な言葉すらなく、早苗からも「お義父《とう》さん、お義母《かあ》さん、お二人で盛岡にいらしてください」のお誘いはひとこともない。ついでにいえば、啓子が亡くなったのも、その啓子の形見が送られてきたのも、すべて高志の不在のあいだのできごとである。それは、すなわち、すべて宏美の独断で物事が進められるという意味でもある。

「何があったんだよ。清志が何か言ってきたのか?」

「あの子は何も話さないわ。あなたと同じで、こちらからしつこく問い詰めないかぎりね」

「しつこく問い詰めたら、何か気になるようなことを言ったのか?」

「別に。ただ、わたしが感じただけ」

細かく話す気力を失っていた。話しても通じはしないだろう。百八十六センチの夫が百五十九センチの妻に暴力を振るわれている、と言っても、常識人の夫が簡単に信じるはずがない。宏美はすでに決めていた。わたし一人で解決したほうが早い。「あれ」の効力を信じて、「あれ」を利用すればいい。

「君は、余計な口を挟まないほうがいいんじゃないかな」

妻の言葉の冷たさを感じ取ったのだろう、高志の眉間のしわが深くなった。

「世の中、いろんな夫婦の形があるんだ。外からは見えないだけで、うまくいっているケースだってたくさんある。清志はぼくに似て口下手だし、要領がいいとは言えない人間だけど、忍耐強くて、責任感も強い。何よりも気立てのいいやつじゃないか。君には清志が気の強い早苗さんに操縦されているように見えるかもしれないけど、あれであの夫婦はバランスがとれているんじゃないかな」

「そうね、そうかもしれない」

ここは反論せずに、同調しておこう。

「夫婦には夫婦にしかわからないことって、確かにあるものね。わたしもあまり、あの子たちの家庭には立ち入らないようにするわ」

夫を安心させるための言葉を紡ぎながら、まったく違う考えが宏美の脳裏を占めていた。

——結婚を考えている女性がいるんだ。

清志がそう切り出してきたのは、去年のいまごろだった。大宮のホテルのティールームで早苗に引き合わされたのは、十月二十六日の土曜日。高志が大阪から戻らない週末だった。一年後のその日が近づいてきている。今年のその日は日曜日。夫が大阪から帰宅しない週末であるのは確認済みだ。一人きりで「実験」できる。

——去年のあの日、十月二十六日に戻れたら……。

初顔合わせの席で、薄ピンク色のワンピースを着て清楚にふるまっていた早苗の化けの皮を思いきりはがしてやるのだ。

2

慎重に指でつまみ上げた十円硬貨を見て、宏美は驚いた。ひどく汚れていたわけではなかったが、黒ずみが除去されて、艶やかな光沢が加味されている。製造直後の新品の十円硬貨を見たことはないが、硬貨を製造する造幣局から出荷されたばかりのものと変わりはないように見える。

——「魔法の梅酢」の成分に、超強力なクリーニング力が秘められているのだろうか。

そうだとしたら、黒ずんでしまったシルバーの鎖や指輪なども、これに浸したら輝きを取り戻すかもしれない。そう思ってふと試したい気持ちに駆られたが、余計なことは考えるな、と頭を振って邪念を追い払った。貴重な梅酢を軽い気持ちでほかの目的のために使ってはならない。

十円玉を白いふきんの上に置くと、宏美はその場を離れた。念を送る前に、心の準備をしたい。時間はたっぷりある。一度、大きく深呼吸をする。すべて「レシピ」どおりに行なった。きれいに洗った計量カップを使い、梅酢5ccに水45ccという分量を守って作製した溶液に、昨日の午後十一時から今日の午前四時までの五時間、わずかに汚れのついた十円玉を浸しておいた。使った十円玉の製造年は、平成二十五年、去年のものだった。

——本当に、こんなやり方で、一年前にタイムスリップできるのだろうか。

魔法の儀式を行なっているような非現実的な気分にとらわれて、宏美は軽いめまいを覚えた。

啓子が遺した実験ノートによれば、身体ごとタイムスリップするのではなく、意識だけが十円玉の製造年のその日に戻れるのだという。とすれば、現在の記憶を持ったまま、一年前の今日——早苗に引き合わされたあの日——に戻れることになる。早苗の邪《よこしま》な本性を知ったいま、去年の今日に戻って二人の結婚を阻止するのだ、息子の目を覚ましてやるのだ、それが母親としての自分の使命で、「魔法の梅酢」のもっとも有効な使い方だ、と宏美は考えた。実験ノートそのものが啓子の創作であり、梅酢も含めた形見の品は、死にゆく自分から親友への最大のジョークという可能性もある、とも考えた。

しかし、ジョークならジョークでかまわない。引っかかってあげようじゃないか、と宏美は開き直ったのだった。一年前の今日に戻れなかったら、そのときはそのときだ。息子の家庭を壊す、いや、離婚に導く何らかの方法を一生懸命捻《ひね》り出せばいい。とにかく、愛する息子をあの気性の激しい、温かみが微塵《みじん》も感じられない女から引き離したい一心だった。

宏美は、男女の出会いにおける「赤い糸」など信じてはいなかった。夫の高志との出会いにも、運命的なものは何も感じなかった。気持ちが燃え上がらなかったわけではない。高志のことは知り合ってすぐに好きになったし、デートして「さよなら」と別れた直後にまた会いたくてたまらなくなったりしたが、〈こういう気持ちになる人は、彼のほかにも探せば世の中にいるかもしれない〉などと、醒《さ》めた見方ができる女だった。

赤い糸は一本ではなく、何本も存在している。そのうちの一本に巡り合えた自分はラッキーだった、と宏美は思うのだ。何よりもラッキーだったのは、「この糸だけは引いてはならない」という糸に指を伸ばさなかったことだと思っている。裂き織りの作品を作っていると、たまにそういう悪い縦糸に出会うことがある。弱くてプツンと切れる糸、変によれたり、引きつれたりする糸。

息子の清志も急がずにゆっくり探せば、複数の赤い糸のうちの一本に巡り合えたかもしれない。ところが、彼は、この糸だけは引いてはいけない、という悪い糸を手にしてしまったのだ。悪い糸があちらからするすると伸びてきて、気弱でやさしい息子を絡め取ってしまった。

――早苗さん以外の女性を選んでほしかった。

なぜ、よりによってあんな邪悪な糸を選んだのか……。いまの宏美は、そう地団駄踏んでいるような状態なのである。

あれは、二人の入籍後、清志が一人で住んでいたときより少しだけ広めの赤羽のマンションに転居したあとだった。新居の引っ越し費用は、香川家で援助してやった。だからというわけではないが、「新居に呼んでくれないの?」と早苗に伝わるように息子をせっついたところ、二人の休みが揃《そろ》った日のランチに宏美を招いてくれた。昼食は出前でとった一緒盛りの桶《おけ》の寿司《すし》だったが、食べ物の内容などどうでもよかった。宏美は、息子がどんなふうに新婚家庭をスタートさせるのかを単純に見届けたかったのだ。台所に立った早苗は、握り寿司に合うように吸い物を作ってくれたが、よく見るとそれはインスタントで、豆腐だけを小さく切って椀《わん》に浮かべてあった。どうも早苗は料理が苦手のようだ、と察したが、それは口にせずに、〈これなら、清志の手作りの味噌汁《みそしる》のほうがよかったのに〉と控えめな感想を抱いただけだった。

しかし、「事件」はそのあとに起きた。トイレに行った宏美は、せっけんで手を洗うために洗面所にも立ち入った。姑根性が頭をもたげたわけではない。ちょっとした興味だった。洗面台の脇のいくつかある引き出しをそっと開けてみた。タオルなどはきちんと整理整頓されて収納されている。タオルの下から見憶《みおぼ》えのあるパッケージがのぞいている。胸を高鳴らせて引き出してみると、それは、「よかったら二人で使って」と、早苗に贈ったはずのペアの裂き織りコースターだった。和紙の袋を使ってきれいに包み、裂き織りの細い紐《ひも》をリボンにして結んである。開けた形跡はない。プレゼントされたままの形で洗面台の引き出しの底に突っ込まれているということだ。

リビングルームに戻って、理由を聞こうかと思ったが、さすがに新婚の息子を前に騒ぎ立てるわけにはいかない。そこで後日、電話で清志に「贈ったコースターは使ってる？」と聞いてみた。清志は、一瞬躊躇《ちゅうちょ》したあと、「ああ、あれは、何かもったいないみたいで、一度使おうとしたけど、マグカップを置いたら汚しそうで、彼女が食器棚の引き出しにしまったよ」と答えた。

うそをついてまで妻をかばわねばならない息子の立場を、宏美は慮《おもんぱか》った。姑に贈られた手作りの品など、本当はお気に召さなかったのかもしれない。裂き織りそのものが嫌いなのか、作った人間が嫌いなのか。いずれにせよ、贈られたまま封も開けず、場違いなところにしまいこむ早苗の態度が宏美は許せなかった。無神経で礼儀知らずの冷淡な嫁、という印象が植えつけられてしまった。

しかし、母親と妻の板挟みになって苦悩するに違いない息子が哀れで、宏美は「コースター事件」については口を閉ざしている。

かように、新婚生活スタート時において、夫が妻に異様に気を遣っていたのは明らかだった。

——わたしの育て方が悪かったのかもしれない。

清志には少なからぬ負い目も感じている。持って生まれた性格もあったのだろうが、長男だからと多くを望み、手をかけて育てすぎた。思いやりのあるやさしい子に育ってほしい、男の子でも大きくなって家事がこなせるような几帳面《きちようめん》で自立心のある子に育ってほしい、と道徳的な書物をたくさん読み聞かせたり、手洗いやうがいなどのしつけを厳しくしたり、早いうちから家の手伝いをさせたりした。三歳で弟が生まれたときも、清志は赤ちゃん返りすることもなく、まるで保護者のような目線でかいがいしく弟の雄大の世話をしたものだ。小学校の高学年になると、「ぼくもお手伝いする」と、率先して台所に入ってきた。男の子なのに料理に興味を示すわが子が可愛くて、宏美は聞かれるままにいろんな料理を教えた。それが、のちの結婚生活にも生かされているのかもしれないが、宏美の目には、単に早苗に都合よくこき使われているようにしか映らないのである。

自立心がきちんと備わった清志は、会社に就職して数年すると、「自活できるから」と戸田の家を出て行った。「うちからでも通えるでしょう?」と宏美は引き止めたのだが、「自宅通学で自宅通勤じゃ、けじめがつかないよ」と、自ら母親離れをしていった。それに倣うように、弟の雄大も就職したのを機に都内で一人暮らしを始めた。もっとも、次男のほうは、親の監視の目が届かないところで羽を伸ばしたかっただけかもしれない。

気はやさしくて力持ちの兄とは対照的に、次男の雄大は、身長こそ平均より小さめだが、名前のとおり小さいことは気にせず、おおらかで大雑把で、何ごとにも要領よく立ち回る。実家に来るのに、必ず手みやげを用意するような気遣いのできる兄に、手ぶらがあたりまえの弟。模試の判定では合格圏内だった大学の受験日、体調不良で実力を発揮できず不合格になり、落ち込んで浪人生活を送った清志と、「高望みでは？」と教師に言われた難関大学を無謀にも受けて、「ヤマが当たった」と合格して小躍りした雄大。二人は、就職活動においても対照的だった。狙っていた銀行の面接で、「身体に似合わず声が小さい」と指摘されるなり、萎縮して言いたいことも言えなくなってしまった長男に対して、大手鉄鋼会社の最終面接に臆せずに臨み、志望動機を過不足なく伝えて内定を勝ち取った口達者な次男。

結婚に対する姿勢も対照的で、「俺は数をこなしてから、自分からプロポーズする」と、雄大は言う。なるべく大勢の女性と交際してから結婚相手を決める、という意味だ。結婚をあせる気の強い女に兄貴が引っかけられたのだ、と雄大もわかっているのだろう。

——割を食った生き方をしてきた清志だから、せめて、平穏な家庭を築かせてあげたい。宏美は、そう願っているのだった。実につつましやかな願いではないか。叶えられていいはずだ、と思っている。

家事をしたり、新聞を読んだりしながら、ちらちらと壁の掛け時計を見やる。結婚祝いとして辞めた会社の同僚たちから贈られた時計だから、もう三十年以上動き続けている。その時計が正午ちょうどを示したときに、宏美は、実験の最終段階にとりかかった。食欲はわかず、昼食がわりのクラッカーを数枚、オレンジジュースと一緒に胃に流し込んだあとだ。

ぴかぴかに磨かれた十円玉の「二十五」という漢数字を見つめる。

——平成二十五年、一年前の今日。平成二十五年、一年前の今日。

心の中で、何度もそう唱える。啓子の実験ノートには「一心不乱に見つめる」とあった。具体的にどうすればいいのか、細かいアドバイスは書かれていなかったが、数字を見つめることに集中すればいいのではないか。だから、念を送ったのだ。平成二十五年の今日に、わたしは戻れる。絶対に戻れる。戻ってみせる。わたしたちの豊かな老後のために、夫と送る第二の人生のためにも、息子たちに幸せになってもらわないと困る。だから、どうか、神様、一年前の今日にわたしを戻してください。どうか、あの一日を、いいえ、午後のほんの数時間をやり直させてください。

3

——一年という歳月が女の容貌にどのような変化をもたらすのか。

タイムスリップ後、まず、鏡を見て宏美が思ったのは、そんな些細《ささい》で卑近なことだった。

去年のわたしって、今年のわたしより一年分、若かったかしら。鏡に顔を近づけて、入念にチェックする。指先で頬を押して、皮膚の弾力を確かめる。口角を上げて、両頬を指先で押し上げ、ほうれい線の深さを目測するが、よくわからない。髪の毛のボリュームが少しだけアップしたように思えるが、基本的に髪形は変えないから、それもはっきりとはわからない。一年のあいだに体重の増減もないから、たとえこの一年間で下腹が少々たるんだとしても、一年後の体型に顕著な変化となって表れてはいないのだろう。

ふたたび、掛け時計で時間を確認する。

時計の針は、十二時十分を示している。

——十分間、あのぴかぴかになった十円玉を見つめていたということだろうか。

ほんの少し前の自分を思い起こそうと試みるが、うまくいかない。計量カップも梅酢も見当たらなければ、実験に使った十円玉そのものもない。まわりの舞台——自分の置かれている場所が、一年前に切り替わっている。

気がついたら、宏美は鏡の前にいたのだった。鏡の前で、意識を取り戻した、という表現が当たっているのかもしれない。一年前の今日、十月二十六日のこの時間、宏美は、リビングルームの上半身が映る鏡の前にいて、化粧ののり具合はどうか、髪の毛は乱れていないか、をチェックしていた。選んだこの服で本当にいいのか、と迷ってもいた。

一年前の今日の服装は、はっきりと憶えている。息子の交際相手に硬い印象を与えないほうがいいだろうと、レース素材のスカートの上に襟のあるテーラードの上着ではなく、丸襟のベージュのカーディガンを合わせた。そして、アクセサリーは淡水パールのネックレスとマベ真珠のイヤリングを選んだ。ネックレスは安物だが、イヤリングは銀座の宝石専門店で買ったものだった。

清志に指定された待ち合わせ場所は、大宮のホテルのティールームで、時刻は二時半。一年前の今日、早めに家を出て、大宮駅の西口にあるデパートで時間を潰したことは、昨日のことのように鮮明に憶えている。

結論からいえば、実験は成功したのだった。啓子の実験ノートに書かれていた内容は真実だった。5ccの梅酢を45ccの水で薄めた溶液に、平成二十五年製造の十円硬貨を日付をまたいで五時間浸しておき、その後、ぴかぴかになった硬貨の製造年の数字を穴が開くほど見つめていたら……。

タイムスリップに成功した。

宏美は、現在の記憶を保ったまま一年前の今日という日に戻り、一年前の自分の体内に意識ごと潜り込んで、一年前にしたとおりの行動をとるために動き出している。

こんなにすんなりと、劇的な変化に順応している自分に、宏美は内心では素直に驚いていた。が、驚きが行動を鈍らせたりはしない。

これが十年前の自分の体内への意識的タイムスリップであれば、戸惑いが大きかったかもしれない。十年という歳月がどれだけ女の容姿に衰えをもたらすかを、録画画像の早送りのようにわずかな時間で見せられるのだから、事態を理解し、衝撃を和らげるための時間に少なくとも一時間を要しただろう。呆然と立ち尽くしていたかもしれない。

しかし、ほんの一年前の自分の体内への意識的タイムスリップなのである。容姿にさほど変化もなければ、同じ季節の服装にも変化はない。時代背景や舞台装置にも顕著な変化はない。平成から昭和へのタイムスリップではないのだから。

何よりも、自分に課せられた使命が宏美の脳や手足を強烈に支配していた。

——わたしは、何のために一年前の今日にタイムスリップしてきたのか。

そうだ、息子の結婚を阻止するため、息子の恋人との穏やかなティータイムをぶち壊してやるためだ。その使命感が宏美の心を奮い立たせている。

宏美は、一年前に使ったバッグを手にし、ほぼ一年前と同時刻に家を出て、一年前と同じ路線でJR大宮駅に向かった。途中、念のために、乗客が読んでいる新聞や車内の吊り広告などで何度も日付を確認してみたが、やはり、一年前の今日、平成二十五年十月二十六日の土曜日である。

バッグの中身——財布や化粧ポーチなども一年前と同じだったが、現在持ち歩くバッグの中身と一つだけ違ったものがあった。一年のあいだに、宏美は携帯電話をガラケーから高機能のものに替えていた。いわゆる、スマートフォンというやつだ。いま、バッグに入っているのはガラケーの携帯電話である。しかし、番号は変えていないから、去年も今年も、いや、ややこしいが、タイムスリップした去年の今日も同じだ、変わらない。

大宮駅の構内から西口デパートへと通じるコンコースに出ると、いきなり「どうぞ」と若い女性に何かを差し出された。反射的に受け取ると、それはどこかの美容室の割引券だった。

——一年前の今日、わたしはこんなものを受け取ったかしら。

脳味噌の奥をまさぐってみたが、そのあたりの記憶はぼんやりしていた。

途端に、宏美は不安に襲われた。

——去年と違う行動をとってもいいものだろうか。

去年は受け取らなかったチラシを、今回は受け取ってもいいのか。逆に、去年は受け取ったチラシを、今回は拒否してもいいのか。そんなふうに考えたら、歩調が緩まった。すると、また違う手が伸びてきて、今度も反射的にファストフード店の割引券を受け取ってしまった。

啓子が書き遺した実験をしてみると決めてから、宏美は本や携帯電話の検索機能などで、タイムスリップとかタイムワープ、タイムトリップなどと呼ばれる現象について調べてみた。タイムトリップ——時間旅行を扱った映画といってすぐに想起するのが『バック・トゥ・ザ・フューチャー』や『時をかける少女』だった。それらの映画をレンタルショップで借りて観直すまでの時間的余裕はなかったが、タイムスリップ現象が引き起こす問題点に関しての知識は得られた。

どの文献にも「タイム・パラドックス」という用語が載っていた。時間軸をさかのぼって過去のできごとを改変した結果、因果律に矛盾をきたす、という理論のようだった。わかりやすくいうと、過去にタイムスリップして自分の先祖を殺せば、その子孫にあたる現在の自分が存在するはずがない、という論理につながるわけで、そうすると、そもそも、その存在しない自分が過去にタイムスリップできるはずがない、という論理もまた生まれるわけで……という堂々巡りを発生させる論理的パラドックスを指す……のだそうだ。

意味は理解したが、理解するまでにかなり頭が混乱したのも事実だった。

小説や漫画の中で、過去や未来にタイムスリップする登場人物は、誰もが口を揃《そろ》えて「歴史を変えてはならない」と、真剣な表情で語っていた。

——わたしは、ここに、何をしにきたのか……。

改めて考えて、宏美は青ざめる。わたしは、まさに、歴史を変えるためにタイムスリップしてきたのではないか。

——いいのか?

ためらいが歩調を緩ませたのだったが、「バカね」と小さく声に出して迷いを断ち切ると、宏美はデパートに入った。何も考えずにエスカレーターに進む。考えても仕方がない。

一年前に戻るのに成功したのだ。こんな奇跡的な好機を生かさぬ手はない。大体、身体ごと過去にタイムスリップしたのではなく、意識だけが一年前の身体に忍び込んだのである。そんな設定の映画や小説は記憶にない。

——そうよ、これは特例、稀有《けう》なケースよ。

神様が特別にわたしに与えてくれた最大のチャンスよ、と宏美は自分の胸に言い聞かせた。だって、歴史を変えるとはいっても、わたしの場合は息子の結婚話を破談にしたいだけ。二人のあいだにはまだ子供も生まれていないから、大丈夫。そう大きく歴史は変わらない。人を殺すわけじゃないし……。

殺す、という単語が脳裏に浮かんだ瞬間、ハッとする。いまから一年後には清志の妻になっている早苗。できれば、殺してしまいたいくらい憎い女かもしれない。

去年の今日、デパート内でカードを使ったりはしなかった。余計な出費はしなかったということだ。婦人服のフロアを見て回ったあと、大型書店が入っている上のフロアに行き、時間まで雑誌や週刊誌の立ち読みをする。週刊誌に書かれた情報は、すでに知っているものばかりだった。芸能人の誰と誰がくっつき、どの夫婦が離婚したか……。

気分を落ち着かせるために、同じフロアの化粧室に入った。鏡に顔を映すと、うっすらと目の下にくまができている。去年もそうだったかしら、と訝って、ああ、と思い当たる。去年と違うのは、睡眠時間の長さである。〈明日は息子の大事な日だわ〉と思ってベッドに入ったのは同じだが、去年は朝の七時ごろまで寝ていたのではなかったか。今回は実験のせいで、午前三時半には目覚まし時計で起こされた。汚れた十円玉を溶液に浸したのがきっかり昨夜の十一時で、就寝したのがその三十分後。はじめての実験が気になって寝つきも悪かったし、眠りそのものも浅かったから、寝不足ぎみなのは当然だ。どうやら、このタイムスリップは、意識と一緒に体調も連れてきてしまうらしい。化粧ポーチからコンパクトを取り出すと、くまの部分に厚めに粉を叩く。ついでに、口紅も引き直した。

「よっし。がんばって」

気を引き締めて鏡の中の自分に声をかけると、化粧室を出てホテルへ向かう。

指定されたホテルは、大型商業施設と同じ建物内にあった。ロビーの先が奥に細長いティールームになっている。去年の今日と同じように、待ち合わせ時刻を数分過ぎたのを腕時計で確認してからティールームの入り口に立った。

去年の今日と同じように、窓際のテーブルまでホテルのスタッフに案内されると、去年の今日と同じように二人の男女がすでに着席していた。

宏美の姿を認めるなり、薄ピンク色のワンピースを着た女性が緊張した面持ちですっくと席を立った。これも、去年の今日と同じ動作だ。セミロングの黒髪に、唇が小さめの和風の目鼻立ち。おとなしそうな雰囲気の女性だが、猫をかぶっているのはわかっている。この清楚な外見に息子は騙されたのだと思うと、腹立たしさがこみあげてくる。

「ごめんなさい、お待たせして」

腹立たしさを抑えて、去年の今日と同じセリフを口にした。

「いや、ぼくたちもさっき来たばかりだよ」

緊張した連れをかばうように、清志が去年の今日と同じセリフを返す。だが、これはうそだとわかっている。三十分も早く着いた清志がロビーで早苗を待っていて、ほんの五分前に現れた彼女と一緒にティールームに入ったという流れは、去年、三人の顔合わせのあとに清志から聞かされていた。

「こちら、山崎《やまざき》早苗さん」

「はじめまして、山崎早苗です。よろしくお願いします」

「こちらは母です」

「あら、言わなくてもわかりますよね？　はじめまして。清志の母の香川宏美です」

既視感あふれる挨拶を交し合って、三人は着席した。

座った途端、宏美は、去年の今日は言い添えた「よろしくお願いしますね」を省略したのに気づいた。結婚後の二人の関係を知ってしまった以上、今後もよろしく、などとは口が裂けても言えない。「今後」も「将来」もこの二人にはあってほしくない。早苗に対する嫌悪感が無意識に態度に表れている。その上、去年の今日は気にもならなかったことが、タイムスリップしてきた今日はやけに気になる。清志と早苗は窓側の席に並んで座っているが、そこは上席のはずだ。こちらは年上で招待された側。入り口が見やすい席で待っていたとはいえ、客が現れたら席を替わるべきだろう。幼いころから厳しくしつけられた清志はわずかに腰を浮かせたが、気づかない早苗は動く気配がない。涼しい顔をして窓側の席に座り続けている早苗に、タイムスリップしてきたいま、はじめて腹が立った。

——やっぱり、この人、礼儀知らずなんだわ。

そう思って見ると、去年の今日は気にもとめなかったいろんなことがいちいち癇《かん》にさわった。注文したコーヒーとケーキのセットが運ばれてきたとき、中央に置かれたコーヒーシュガーの容器を宏美のほうへ押し出すそぶりを見せなかったこと——結果的に使わなかったとしても、気遣いはしてほしかった——、宏美が注文したチーズケーキより高いブルーベリータルトを注文したこと、タルトの生地の食べ方が汚かったこと、コーヒーカップについた口紅の跡を指先で拭わなかったこと、一つ答えるたびに隣の清志の顔を見て微笑むこと……。

「どんなお仕事をしているの？」

「ご実家はどちら？」

「ごきょうだいは？」

「結婚したら、お仕事はどうするの？」

初対面の息子の交際相手に向ける質問の内容は、どの母親でも同じだろう。質問役が宏美で、早苗がそれに答えるという形は、去年の今日と変わらない。仕事の内容についてはあらかじめ清志から情報を得ていたし、盛岡の実家は農家で、親戚ぐるみで果樹園を営んでいることや、弟が盛岡の実家に同居していることもすでに知っていた。

「結婚しても仕事は続けたいです。というより、いまは続けないと生活が不安な時代ですから」

四番目の宏美の質問に、早苗はそう答えた。一字一句、去年の返答と同じである。

去年は「そう」と笑顔で聞き流した言葉を、タイムスリップしてきたいまは素直に受け止めることはできない。いまの宏美の耳には、〈バブルを経験した五十代のおばさんには想像もつかないでしょうけど、結婚したら家に入るとか、夫の給料で家計すべてを賄うとか、そういう考えは時代遅れで古くさいんですけど〉というふうにしか響かないのだ。もともと気性の激しさが性格に秘められていたのかもしれないが、家庭を守るという意識が希薄な女だったからこそ、夫をないがしろにしても平然としていられるようになったのではないか。それが、家庭内暴力へとつながっていったのかもしれない。

改めて三者の関係を見ると、清志がほとんど口を挟まないでいるのがわかる。

「清志はどうなの？　早苗さんのどこが好きなの？」

去年はしなかった息子への質問を、タイムスリップしてきたいま、宏美は口にした。

「えっ？」

清志は、虚をつかれたような表情になって眉根を寄せた。そんなの、二人だけのときに聞いてよ、と言いたそうだ。

「どこって……」

うろたえた清志は、救いを求めるように隣へ視線を移す。

「あら、お母さん、そんなにストレートに聞かれたら……ねえ、清志さん、照れちゃうわよね」

と、早苗は恥じらいを見せながらも、清志の戸惑いを代弁してみせる。

ずばりと突きつけてやった。

「気が強いところ?」

早苗の顔がこわばったのが見てとれた。清志も困惑顔を早苗に向ける。

「おとなしそうに見えて、本当はすごく気が強いかもしれない。そう言っただけよ。ねえ、早苗さん、女ってそうよね?　本性をうまく隠せる動物よね?」

「さあ、どうでしょう」

早苗はそう答えると、今度は自分から救いを求めるように清志へ視線を流した。が、その視線は鋭い。

「お母さん、そういう嫌味っぽい言い方するの、やめてよ」

清志が消え入りそうな声で、しかし、きっぱりと母親に言い返す。

「あなたがちゃんと答えないせいでしょう？　早苗さんのどこがいいかと聞かれたら、思ったとおりを答えればいいじゃないの」

こちらも負けてはいない。遠慮などしている暇はないのだ。言いたいことを思う存分言わなければ。自分に与えられた時間は五時間。磨かれた十円硬貨を一心不乱に見つめるという実験を開始したのが正午ちょうどだったから、過去に滞在できるのは午後五時まで。しかし、突発的な事態が起こらないともかぎらないし、啓子が行なった実験結果がそのまま今回も再現されるとはかぎらないから、遅くとも四時までにはかたをつけたい。

「ですよね？」

少しホッとしたように、早苗がこわばっていた口元をほぐす。

「価値観が同じところだよ」

清志がぼそっとつぶやいた。

「好きな映画が同じだったり、食べ物の好みが似ていたり、旅行好きなところかな」

「そう」

まるで子供みたいな答えね、と情けなさにため息をつきながら、「じゃあ、早苗さん、あなたは？」と、宏美は早苗へと矛先を向けた。

「わたしも同じです」

早苗は即答して、「それから、やさしいところです」とつけ加えた。

「やさしいところねえ」

そうでしょうとも。宏美は苦笑すると、大きく息を吸い込んでから、攻撃を開始した。

「二人とも、お互いをどこまで知っているのかしら。もっと深く知ってから結婚を考えても遅くないと思うけど」

どういう意味だろう、と訝るような顔を清志と早苗は見合わせた。

「清志は、早苗さんが盛岡でどんな子供だったか、知ってる？」

宏美は、息子が声を出せずにいるのを確認してから、言葉を紡いだ。

「早苗さんって、活発ですごく元気な子だったみたいよ。男の子を泣かしちゃうような」

「母がそう言ったんですか？」

事前に実家に電話をされたとでも思ったのだろう、早苗が感情を押し殺したような口調で聞いた。

「あら、ご実家に電話なんかしないわ」

それは本当だった。早苗を無視して、宏美は話を続ける。

「小学校に入ってすぐに、教室で男の子とケンカして花瓶を割ったとか。それから、掃除のときにほうきを振り回して違う男の子にも怪我をさせたとか。目の近くだったから、相手の親御さんがひどく怒って家に乗り込んできたんですって？」

「誰に聞いたんだよ」

と、頬を紅潮させた清志が母親に詰め寄った。これも無視して、宏美は自分の作戦を続行する。

「清志と知り合う前も、ずいぶん合コンしたんですってね。婚活っていうのかしら。損保会社のNさんとはどこまでの仲だったの？　あちらは真剣に結婚まで考えていたんじゃなかったのかしら」

「損保会社？　Nさん？」

色めきたった清志が、早苗に顔を振り向ける。

「あら、清志、早苗さんから何も聞かされてなかったの？」

「それは……」

母親に問い詰められながらも、まだ早苗の肩を持ちたい気持ちが強いのだろう。清志は、早苗にすがりつくような視線を投げる。

「調べたんですね？」

声のトーンが一段低くなったと思ったら、早苗も負けじと反撃に出た。

「わたしが清志さんと知り合う前に誰とつき合おうと、どういう過去があろうと、関係ないじゃないですか」

「そうだよ。ぼくたち、来年三十だよ。大人同士のつき合いだし、過去に何があろうとそんなの問題にしないよ」

清志は、すっかり早苗寄りになる。

「わたしは、お父さんに隠しごとなく、きれいな身体で結婚したけどね。若かったから、と言われてしまえばそれまでだけど」

宏美は、皮肉で切り返してやった。早苗に「調べたんですね?」と聞かれて答えなかったが、そのとおり、探偵会社に依頼して早苗の身辺を調べてもらったのだった。期間は五日間で、予想外に費用がかかったが、夫に内緒で貯《た》めたへそくりを調査費用にあてた。

――清志はあなたにふさわしい男ではない。

早苗を幻滅させる作戦も考えたが、清志側に前科、いや、弱みや落ち度はまるでない。女をもてあそんだこともないし、会社の金を使い込んだこともない。学生時代に一人、社会人になってから一人、と交際した相手が二人いたのは知っているが、どちらも清志の優柔不断さに愛想をつかして離れていったようだった。どちらの女性も引き止めなかったのだから、清志の執着心が薄かったということなのだろう。

幻滅作戦がだめなら、早苗の過去を探るしかない、と考えた。夫に暴力を振るうような女だ。成長過程において凶暴性が発露したようなエピソードが拾えるかもしれない。叩けばほこりくらい出るだろう。そう考えて探偵会社に調査を依頼したのだが、そう都合よく驚くようなスキャンダルが暴かれるはずもない。せいぜい、癇の強い男まさりの子だったとか、婚活に励んでいたというような情報が得られただけだった。それでも、合コンで知り合った損保会社の男性とデートしたことがある、という情報を入手できたのは収穫で、宏美は、二人の関係に踏み込んであてずっぽうの発言をしただけだった。イニシャルがNでもMでもかまわない。交際した男性がいたという事実だけで充分だ。

「清志さんのお母さんって、こういう人だったの？」

早苗が語気を強めて言って、清志のほうへ身体を傾けた。そのしぐさからは、板についた媚《こ》びや甘えがにじみ出ている。

「違うよ。何だか今日は……」

口ごもった清志は、「お母さん、どうしたんだよ」と、抗議するように口を尖《とが》らせた。

まずい、と宏美は思った。息子は母親への態度を硬化させている。母親への反発から恋人により傾斜し、二人の結びつきがより強固になっては逆効果だ。

「早苗さん、わたしには未来が見えるのよ」

そこで、次の作戦に出た。というより、もう時間はない。ほとんどとっさの思いつき作戦にすぎなかった。

「何を言い出すんだよ」

清志が首を突き出し、早苗も軽蔑のまなざしを向けてきた。

「あなたは黙っていなさい」

ぴしゃりと息子の口を封じると、宏美は自信を持って言葉を重ねた。未来からタイムスリップしてきたのだから自信を持って当然だ。ひどくハイテンションになっている自分に、われながら驚いていた。これも、タイムスリップを経験し、異質な時空間に身を置いているせいだろうか。

「いままで話さなかったけどね、お母さんにはそういう能力があるのよ。言うとみんなが怖がるから黙っていただけ。あなたたちは、結婚してもうまくいくはずがないの。二人の休みは合わない、清志のお給料はアップしない、早苗さんは苦情の窓口の仕事でストレスがたまりにたまり、苛立《いらだ》ちを募らせる。ケンカになっても、口下手な清志は弁の立つ早苗さんにやりこめられて黙り込み、反応の薄さと中途半端なやさしさに早苗さんはさらにイライラする。そのあげく、癇癪《かんしゃく》を起こして夫に手を出し、テレビまで壊す。荒《すさ》んだ家庭になるのがわかっていて、お母さんはあなたたちの結婚を認めることはできないの。いまだって、新居への引っ越し費用を援助したこと、すごく後悔しているのよ」

一気にまくしたてたが、うっかり口が滑った。時制の感覚が狂ってしまったのだ。いまの時点では、来年のことは当然ながらまだ経験してはいない。

清志は、あっけにとられたような表情を母親に向けている。

「とにかく、わたしは、あなたたちの結婚には賛成できない。だから、援助もしない。戸田のあの家もあなたたちに譲る気はない。譲るなら雄ちゃんにするわ。雄ちゃんなら選ぶ女性を間違えないと思うから。早苗さん、そういうわけで、この子と結婚しても何のメリットもないからね。将来、子供が生まれても、孫の世話をするつもりはさらさらないし、果樹園で忙しい盛岡のお母さんにだって頼れない。一日も早く清志と別れたほうがいい。わかった？　言いたいことはそれだけ。もう時間がないから帰るわね」

吐き捨てるように言うと、宏美はバッグを手にして立ち上がった。その瞬間、ぐらりと天井が揺れて、ギクッとした。奇妙なほどの疲弊感に襲われている。

「お母さん」

清志が追って来ようとしたが、「清志さん！」という早苗の怒気がこめられた声に呼び止められた。

ただならぬ二人の気配を背後に感じながら、宏美はティールームを出た。足取りがどんどん重くなっていく。

――何だろう。やっぱり、普通でない状態に身を置き続けたことで、身体や神経に予想外に大きな負荷がかかったのだろうか。

駅に向かいながら、宏美は思いを巡らせた。果たしてあれでよかったのか、あのやり方で息子の結婚話を破談にできるのだろうか、そこまで考える余裕がないほどの疲労感に全身が包まれている。一年先の今日からタイムスリップしてきたのである。異次元、異空間に身を置いている道理になる。不可思議な現象が、神経や肉体に悪影響を与えたのかもしれない。バッグの中で携帯電話が震えているのに気づいたが、放っておいた。母親の奇怪な行動を怪訝《けげん》に思った息子がかけてきたのだろう。

大宮駅で埼京線に乗り、戸田駅で降りたときには、靴の底に鉛でもはめこまれたかのように足が重かった。年齢的に、ほてりやめまいなどの更年期の症状に襲われることもあるが、その症状が激しくなったときに似ている。身体のだるさに呼応するかのように、空模様も怪しくなり、雨粒が頬に当たった。宏美は、駅前からタクシーに乗った。

鍵を開けるのもやっとの思いで、身体を引きずるように家に入ると、ソファに身を投げ出した。泥のように疲れている。

ふと、何かが脳裏に引っかかった。啓子の実験ノートだ。

あそこには、タイムスリップに成功したときの描写がほんのわずかしか記されていなかった。いつどこへどれだけの時間タイムスリップしたか。最小限の記録だけで、タイムスリップした先でどんな事件があり、何を体験したか、まるで書かれていなかったのだ。実験した日によっては、どこへという場所さえ書かれていない日もあった。

——啓子もわたしと同じような体験をしたのだろうか。

タイムスリップ後に、いまのわたしと同じような大きな疲労感に襲われたのだとしたら……。

——この疲労感は、実験に伴うリスクなのか。

リスクとは実験が肉体やその後の生活に与えるマイナスの影響で、たとえば、啓子の場合は、「病」という形で現れた？

　そこまで推理を至らせ、恐ろしさに宏美は打ち震えた。もう二度とこんな実験はするまい、と思った。

　そこで、あっ、と宏美は声を上げた。いま、この瞬間、啓子に電話をかけてみたらどうだろう、と思いついたのだ。一年前の今日、平成二十五年の十月二十六日、啓子はまだ生きていた。体調の異変に気づき始めたころだろうか。タイムスリップに成功したと電話で伝えたら、彼女はどういう反応を示すだろうか。

　宏美は身体を起こしたが、少し考えて首を左右に振った。タイムスリップにルールのようなものがあるとすれば、イレギュラーな行動はそのルールに抵触しかねない。それこそ、歴史を変える重大な事態へと発展しそうだ。タイムスリップに触れずに電話することも考えたが、実験という言葉に敏感な状態にあるであろう啓子が何か異変を察知する可能性はある。

　やめておいたほうがいい。

　疲労感が徐々に薄らいでいき、かわりに睡魔が強くなっていく。

　十秒後には、宏美は深い眠りに落ちていた。

第三章　現実　その1

1

遠くで何かが鳴っている。この音は何だったかしら。一つ古い機種の携帯電話の呼び出し音だったか。いや、違う、そうじゃない。新しい携帯電話、スマホの呼び出し音？　いや、それでもない。

——この音は……。

そこで、目が覚めた。部屋の中は真っ暗だ。自分が置かれている状況を把握するのに何秒かかかった。居間のソファで眠っていたようだ。

部屋の電気をつけて、時間を確認する。午後八時半。

天板がガラスになったテーブルの下に、光沢のある十円硬貨が落ちている。拾い上げて、製造年を見る。平成二十五年のものだ。

固定電話が鳴り続けている。

「お姉ちゃん？」

受話器を耳にあてる前に、弟の声が飛び込んできた。平塚に住んでいる健介《けんすけ》は、めったなことでは電話をかけてこない。ただごとではない、と直感した。

「どうしたの？」

「お父さんがまた倒れたんだ。今度は、危ないらしい。先生が『ご親族を集めてください』って」

「そう」

妙に冷静な反応に、われながら驚く。どこかでこういう展開を予感していた自分がいる。

前回入院したとき、軽い脳梗塞だと医師に言われた。「脳の血管が詰まって破れやすくなっていますから、次に倒れたときは危ないですよ」とも。その二度目がきたのか。

「すぐに来れる？　このあいだと同じ病院」

「ああ、うん、すぐにしたくして行くけど」

行くけど何だろう。何かが頭に引っかかっている。

「この時間だと、直子《なおこ》は無理だろう。明日になるよな」

健介は、北九州市に住んでいる妹の名前を口にした。

「そうね。でも、いちおう知らせないと」

「知らせたよ。お姉ちゃんのところが出ないから、先に直子のほうへ連絡したんだよ。ケータイにもかけたけどさ」

　では、固定電話は何度も鳴っていたのだろうか。

「ごめんなさい。さっき、帰ったばかりで」

　いや、違う。大宮から帰宅したのが四時二十分くらいだったから、四時間あまり死んだように寝ていた計算になる。いや、それも違うか。タイムスリップした去年の今日から今年の今日に戻ったのだから、時間を計算する基準、時間軸のようなものが少しぶれたかもしれない。実際にはどれだけの時間眠っていたのか……。

「ねえ、健介。いまは平成二十六年で、今日は十月二十六日の日曜日だよね」

「何、寝ぼけてるんだよ。そうだよ」

　そうだ、確かにわたしは寝ぼけている。久しく海外旅行はしていなくても、時差ボケの感覚なら知っている。そう、こんな感じだ。

「清志や雄ちゃんにも知らせないと」

　息子たちの名前を口にして、改めてホテルのティールームでの「三者会談」を思い起こし、自己嫌悪に陥る。あれは、修羅場だった。タイムリミットが迫っていて必死だったとはいえ、醜態をさらしたのは事実だ。

「清志は……」

　すると、健介がまさに清志の名を呼んで、口ごもった。

「清志がどうしたの？」

まさか、という熱い思いが喉を詰まらせた。

「連絡なんかできないだろう」

できないって、どうしたのだ。この世から消えたのか。死んでしまったのか。わたしがあんな歴史を改変するような大それたことをしたせいで。

「俺からするからいいよ。じゃあ」

電話は切られた。どうやら、生きてはいるらしい。宏美は、よかった、と胸を撫《な》で下ろしたものの、健介の呆《あき》れや嫌味を含んだような言い方が気になった。

――すぐに雄ちゃんにも電話しないと。

まずは息子、そして夫だ。行動を起こす前に、台所へ行ってみた。カウンターの内側に、実験に使った赤い液体の入った計量カップと白いふきんが置かれている。流しの下の収納扉を開ける。梅酢の入った瓶がしまってある。冷蔵庫で保存したほうがいいのか、と一度は迷ったが、啓子の実家でもずっと納戸で保管されていたのである。冷蔵庫に入れたら成分が変わってしまうかもしれないと恐れて、そのままにしてある。夫や息子たちが出入りする家である。冷蔵庫を開けて、「何これ？」と飲んだり、「古くて腐ってるんじゃないの？」と捨てられたりしては大変だ。瓶の蓋をはずして、鼻を近づけてみる。酸のきつい匂いがする。ふと飲みたい欲求に駆られたが、タイムスリップしたあとだからといって、さすがにそこまで大胆な行動はとれない。

雄大の携帯電話にかけたが、留守番電話になっている。メッセージを吹き込む前に一度切り、先に大阪の夫に連絡しようとしたとき、宏美の携帯電話が鳴った。

「何？　さっきかけた？」

アパートにいたのだろう。まわりの雑音がまざらない。

「海老名のおじいちゃんが倒れたの。今度は危ないって。お母さん、これからすぐに行くから、あなたも行って」

「あ……ああ、うん」

どちらかといえば、清志がおばあちゃん子で、弟の雄大はおじいちゃん子だった。祖父にかわいがられた記憶がよみがえったのか、いつもは元気のいい雄大が珍しくうろたえている。

「お父さんは？」

「これから連絡するけど、お母さんはもう出るわ」

話しながら、居間を動き回り、引き出しを開けて必要なものを取り出している。

「じゃあ、俺も」

「ああ、雄ちゃん。お兄ちゃんは……」

清志のことを聞きかけたときには、すでに電話は切られていた。

2

病室の前で弟の妻の幸江《ゆきえ》に出迎えられ、彼女が頭を下げる姿を見た瞬間、宏美の背筋を悪寒が這《は》い上った。

「十五分ほど前に」

と、幸江が静かに言って、また頭を下げる。

覚悟を決めて病室に入ると、ベッドの傍らのスツールに健介が座っている。テレビドラマで見るような光景ではない。医師や看護師などの姿はすでにないし、ベッドに横たわる父親の顔に白い布もかけられていない。

「お姉ちゃん、遅かったよ」

健介が、父親の死に顔を見つめながら言った。

「間に合わなかったのね」

宏美はひとりごとのように言い、奥へ進んだ。と、ギョッとした。戸口からは死角になって見えなかったが、ドアの左手の壁に寄りかかるようにして清志が立っていたのだ。

「清志」

父親から意識がそれて、息子へと向かった。

すると、清志は何の反応も示さずに、ぷいと横を向くと部屋を出て行った。

「どれくらいぶりだ？」

と、健介が無視された宏美を気遣うように聞いた。

「どれくらいぶりって……」

どうしたのだろう。あれから、どうなったのだろう。健介の言い方で、母と息子が疎遠になっているらしいとは察せられたが、原因は一年前のあれだろうか。

「清志は早かったのね」

そういう聞き方から徐々に探っていこうと思った。

「ああ、あいつ、何だか最近、勘がよくてさ。『胸騒ぎがしたから』って、こっちから電話する前にケータイに電話がきてさ、それでおじいちゃんのことを伝えたら、ちょうど横浜あたりにいたから、ってすぐに駆けつけて」

「そうなの」

そんなに勘のよい子ではなかったはずだ。どうしたのだろう。やはり、一年前のあれが原因なのか。

「彼女は？　彼女は一緒じゃなかったの？」

早苗さん、と名前を出すかわりに「彼女」で問う。

「彼女って誰だよ」

健介は眉をひそめてから、ああ、と首を縦に振った。「とっくに別れただろうよ。姉ちゃん、清志と何にも話していなかったのか？」

「えっ？　あ、ああ、うん、わたしを避けているみたいだから」

どうやら、清志は現時点で独身らしい。あるいは、一度結婚して、離婚したのか？　それとも、やはり、あのまま別れたのか。

「そりゃ、そうだろうけど、いつまでも溝ができたままだと困るだろうよ」

「あ、うん、わかってる」

「それより、お父さんにお別れを言ってやれよ。先生が『ご家族のみなさんがお揃《そろ》いになるまで』って、こういう時間を作ってくれたんだから」

健介は立ち上がると、自分が座っていたスツールを宏美に譲った。父親が亡くなったのである。その一大事を前に、清志の身辺を悠長に探っている暇はない。

スツールに座って身を乗り出し、手を差し出して、ひとまわりもふたまわりも小さくなった父親の顔に触れた。小さいころは「父親似だね」とまわりに言われて、嫌な思いをしたものだった。父親は目も鼻も口も大きいごつごつした顔立ちで、そう言われるたびに、「わたしって女らしくない顔」と思い込み、自己嫌悪に陥った。

「お父さん、ごめんね、間に合わなくて」

はじめて涙がこみあげてきた。その瞬間、母親の不在にようやく思い至った。顔を上げて、「お母さんは？」と健介に聞くと、「ああ、何だかショックが大きすぎたみたいでね、めまいを起こして、空いたベッドで横にならせてもらっている。たいしたことはないみたいだけど」

「そう」

「それもあってさ」

と、健介がため息とともに吐き出すように言う。

「今後、いろいろと話し合わないといけないことが出てきそうだな。いままで、お母さん一人にお父さんの世話を任せちゃっていたし。お母さんもだいぶ疲れがたまっていたんだろうね。だけど、まずは葬式……だよな」

「そうね」

葬儀など諸々《もろもろ》を執り行なったあと、実家の今後をどうするかの話し合いをする必要がある、という意味だろう。父親の死。一人になった母親。実家の今後。現実が押し寄せてくる。だが、宏美は放心状態でいた。目の前の現実をきちんと受け止められない。清志の存在だけが頭の中に大きく膨れ上がっていく。

「高志さんには連絡したのか？」

健介が聞いた。健介は、姉の夫を「お義兄《にい》さん」とは呼ばない。

「ええ。息を引き取った、ってまた連絡しないと」

明日は月曜日で仕事があるし、あなたはすぐに駆けつけなくてもいい。わたしが行って様子を見てからまた連絡する、と夫には伝えてあった。

「しばらく一人にしてくれない？」

父親の頰を撫でながら弟を見上げると、健介は姉の意図を察したようだった。無言で部屋を出て行った。

「お父さん」

一人になって、改めて父親に声をかけた。指先にかすかなぬくもりが感じられる。

——実験が肉体やその後の生活に与えるマイナスの影響って、これなのか。

そして、宏美は改めて思った。過去にタイムスリップして、過去の事実を修正した。宏美にしてみれば、息子の結婚話を破談にするという「事実の修正」にすぎなかったのだが、「史実の改変」には違いない。その代償は大きく、それが父親の死という形になって表れたのではないか。

——いや、もう一つある。

そうだ、清志とのあいだに生じたらしい軋轢《あつれき》だ。健介は「溝」と呼んでいた。息子と恋人の仲を壊した代償が、母子の断絶か。だとしたら、こちらのほうはわかりやすい。きっと清志は、異性関係を含めた交際相手の過去を探偵会社に調べさせた母親に脅威を感じ、思いきり軽蔑して、その後、口をきこうとも思わなくなったのかもしれない。

——だけど、なぜ、早苗さんとも別れるはめになったの？

願いが叶《かな》って万々歳のはずなのに、宏美は釈然としない思いにとらわれている。「あんな母親に育てられた男とは結婚したくない」と、清志を諦めてくれたのか。いや、諦めたのではなく、呆《あき》れ果てて自ら捨て去って行ったのか……。

息子の結婚を阻止できたことの喜びになぜ浸れないのか。深く刻まれたしわだらけの父親の白っぽい顔を見ているうちに、その理由が見えてきた。

——去年の今日から今年の今日まで、わたしは一体、どういうふうに過ごしていたのだろうか。

そのあいだの記憶を失った形になっているせいではないか、と気づいたのだ。実験を行なう前、清志と早苗は結婚を前提に交際していた。宏美はそれを阻止するために、最初の顔合わせの日——去年の今日にタイムスリップし、思いのたけをぶちまけて、その場の雰囲気をぶち壊すと、二人を残してティールームを出た。ところが、同時にひどい疲労感にさいなまれ、帰宅するなりソファに倒れ込んだ。深い眠りに引きずりこまれたのだろう。気がついたら、室内は真っ暗で、日付は今年の今日に変わっていた……。

息子に不本意な結婚を許してしまい、腸《はらわた》がよじれるほど後悔したあれらの日々は、一体、どこへ消えてしまったのだろう。それらの日々はリセットされて、自分以外の関係者の頭には残っていないのだろうか。いや、そもそも、彼らは人生を一度きりしか経験していないはずだ。自分だけが、去年の今日から今年の今日までの日々を、二度体験したことになる。修正前の日々と、修正後の日々と。

――だって、わたしは、間違いなく二種類のあの日の記憶を持っているのだもの。

それとも、あの梅酢を微量でも鼻から吸い込んだせいで、記憶中枢のどこかに狂いが生じたのだろうか。そして、記憶そのものが改ざんされてしまったのか。結婚した清志が妻のＤＶ被害に遭っていて、そのことで母親の自分が胸を痛めていたというあの日々も、実際には存在などしておらず、すべて作られた記憶だったというのか。本当は、一つの歴史――初顔合わせの場で二人の結婚に反対し、二人の仲を引き裂いたその後――しか存在しなかったということなのか。

わからない、わからない。宏美は頭を激しく振ったあと、その頭を抱え込むと、ベッドに突っ伏した。白い布を隔てて、もう二度と息をしない父親の肉体が感じられる。柔らかい身体《からだ》ではない。骨ばってごつごつしている。一度倒れたあとに急激にやせたのだった。

「お父さん」

呼べば、懐かしい思い出が鮮明によみがえってくるかと期待したが、そうでもなかった。

仕事ひと筋の典型的な企業戦士だったから、休みの日に遊んでもらった記憶がない。休日出勤もあれば、マージャン、接待ゴルフ、とつき合いも多く、忙しく飛び回っていた。転勤がなかったのは、地元の有力会社に就職したからで、それだけに、地域や取引先との深くて濃いつき合いを非常に大切にする父親だった。そして、宏美の母親は、そんな夫に理解を示す、三人の子育てに忙しい、家庭を守る典型的な良妻賢母だった。

――友達の悪口を言いすぎると、口がひん曲がるぞ。

突然、そんな父親の声が鼓膜によみがえった。遊んでもらった記憶も運動会や参観日にきてもらった記憶もないのに、断片的な教訓めいた言葉だけを不思議に憶《おぼ》えている。「電車では年寄りに席を譲れ」だの「朝晩の挨拶はきちんとしろ」だの。

小学校時代、生え変わった永久歯の前歯二本が目立った宏美は、クラスの大柄な男の子に、学校で飼育していたうさぎにたとえられ、「ミミスケみたいだ」とからかわれていた。ある日、みんなの前で嘲笑された宏美は、家に帰ると泣いて母親に訴えた。「あの子だって、デブで顔が真っ黒で、まるで黒豚みたいなのに」と。夜遅く、そのことを妻から聞いた父親は、翌朝、登校前の宏美をこう諭した。

「おまえのかわいいところは、そのうさぎみたいな前歯じゃないか。おまえの顔はよく見ると、前歯を中心に左右対称だ。普通の人間は、多少左右のバランスが崩れているものだが、おまえは両目の形や大きさや眉毛の長さも同じで、整った顔をしている。それは、心のバランスもとれているってことだ。だから、人から悪口を言われても、言い返すものじゃない。友達の悪口を言いすぎると口が曲がったり、顔が歪《ゆが》んだりして醜くなるぞ」

実際には、小学生相手にもっとわかりやすい言葉を使ったかもしれないが、いま、宏美が認識している内容は大体そんな感じだった。父親から諭された言葉が、人生の要所要所で顔を出した。自分がからかわれているとき、まわりの友達がいじめられているとき、父親の言葉を思い出しては、言い返したい気持ちをぐっとこらえてみたり、「ねえ、宏美ちゃんもあの子、嫌いでしょう?」と聞かれても、笑顔でごまかして、誰かの悪口を言い合う輪には加わらなかったりしたものだ。そんな姿を、中学校に入ってからも友達の啓子がよく見ていてくれたのだろう。

——それなのに、息子のためとはいえ、早苗さんをあんなに憎んでしまった。

本人を目の前に、思いきり悪口をぶつけた形になったのである。父親の頬に触れた指を、宏美は自分のそれに当てた。その報いを受けている。わたしの顔は醜く歪んでいるかもしれない、と思った。父親の教えに従わなかった罰を、わたしは、いま、受けているのだ。

「お父さん、ごめんね」

ふたたび父親に謝罪の言葉を投げると、宏美はそっと涙を拭った。

3

「きょうだい三人が揃ったのって、すごく久しぶりだよね。年をとるにつれて、なかなか顔を合わせる機会が作れなくなるって、本当だったのね」

宏美より四つ下の直子が、しみじみと言った。

「そうだよな。子供たちが小さいときは、みんなで遊ばせるために連れて集まったりしたもんだけどな」

直子より二つ上の健介も、仏間のほうへ顔を向けて受けた。

長女の宏美は、きょうだいが最後に顔を合わせたのがいつだったか記憶をたどったが、タイムスリップを経験したあとは、過去のできごとを時系列順に思い出そうとすると頭が痛くなるので、早々と諦めた。父親が最初に入院したとき、宏美と北九州市に住む直子とは、見舞いをするにもすれ違ってばかりだった。

「うちも二人とももう手がかかるような年じゃないけど、それでも、ゆっくり旅行なんかしてられなくてね」

地元の国立大学に通う大学生と高校生の二人の子供がいる直子は、愚痴めいた言い方をした。

「旦那のお母さん、施設に入れたんだろう？」

と、健介が聞いた。

「うん、ようやく特養が空いてね。でも、歯医者に通わせたり、薬をもらいに行ったり、と細かな用事があって、呼び出されてばかり」

「子供が手を離れたとしても、お義母《かあ》さんのことがあるかぎり、ゆっくり旅行もできないってわけか」

「そういうことね」

すっかり愚痴と化したのに気づいたのか、直子はハッとしたように同席している実の母親の顔を見た。

「大丈夫よ。こっちの母親は、まだまだ元気だから」

と、場の雰囲気を察したように、「未亡人」になったばかりの三きょうだいの母親が言った。

「お母さんがいま元気なことは充分わかってるけど、いつまでも元気でいられるわけじゃないから、将来のことも含めてみんなで考えないとね。だから、こうしてわたしたちが集まったんじゃないの」

母親を疎んじるような発言をして気まずくなった直子は、明るい声を出した。

「そうだよ。このあいだだって、ほら、病院でめまいを起こしたじゃないか」

「あれは、心因性のものだって先生に言われたわ。だから、もう大丈夫よ」

「どこかでまた倒れて足でも怪我《けが》したら、寝たきりになるおそれもある。そうなったら、こっちが大変だからな」

夫の死にショックを受けて体調を崩した母親にかわり、長男として葬儀で喪主を務めた健介は、強気で母親に言い返す。

七十八歳の母親は、黙ってしまった。

——一人になった母親をどうするか。

その話し合いのために、葬儀を済ませた週の土曜日、宏美と健介と直子の三きょうだいは、実家の居間で母親を囲んでいる。高志は葬儀の翌日に大阪に帰り、直子の家族も葬儀を終えたその日に、あわただしく北九州市へと帰って行った。

「どうしたの？　お姉ちゃん、ずいぶんおとなしいじゃないか」

長女のくせに仕切り役も司会役も買って出ようとしない宏美に、健介が皮肉っぽく言った。

「そう？　別に普通だけど」

頭の大半をまだ清志が占めている。通夜の席でも葬儀の席でも、宏美の顔を見ようともしなかった息子だ。

「まだ清志君とケンカしてるんですって？」

と、直子も皮肉っぽい口調になった。

「ケンカなんかしてないけど……」

自分と息子がどういう状態にあるのか、まわりの言葉を手がかりに推測するしかないのだ。

「清志はお姉ちゃんを避けてるんだろう」

健介が、そうされて当然、とでも言いたげに顎を上げると、「『女って怖いな』って、言ってたもんな」と続けた。

「清志がそう言ってたの？　いつ？」

宏美の胸は脈打った。その情報は初耳だ。

「いつって……いつだったか。ああ、本人じゃなくて、雄大から聞いたのかもしれない。

『兄貴がそう言ってた』ってね」

「清志君がお姉ちゃんに恋人を紹介したのって、一年くらい前だったんでしょう？」

と、直子が話に入ってきた。

「そのとき、お母さんとその恋人が口論になって、それから両方の仲がぎくしゃくした、ってわたしは聞いてるけど。清志君と恋人の仲も、清志君とお姉ちゃんの仲も」

「具体的なことは聞いていない？」

わらにもすがるような思いで聞くと、

「清志君が話すわけないでしょう」

と、直子に甲高い声で切り返された。

「そうだよ」

と、健介もうなずく。

「『女って怖いな』というのは、つまり、母親も恋人もどちらも女として怖いな、って意味でしょう？　清志君は、お姉ちゃんの中にも恋人の中にも、共通する女の怖さを見つけたってことよ。その女の怖さ、ってのがいまいちよくわからないけどね」

「あんたのやり方がよくなかったね、宏美」

それまで黙っていた母親が、静かに口を挟んだ。

「会ってみたら、よっぽど気に入らない女だったのかもしれないけど、清志の目の前で『この人と結婚しちゃだめ』なんてはっきり言っちゃ、息子に反感を持たれて当然よ。反対するにしても、清志と二人のときにちゃんと理由を説明してやらないと。清志はひどく傷ついただろうね」

「清志、お母さんには何か話したの？」

祖母には心を許して話せることがあるかもしれない。

「それだけよ。彼女のいる席で、お母さんに結婚を反対された、とだけ」

「そう」

宏美は、考えを巡らせた。清志は、叔父と祖母には一年前の「修羅場」の話を少しはしたということだ。一年前の「修羅場」については、夫の高志にももちろん聞いてみた。それについて、高志はこう答えた。

——清志の彼女という女性には、ぼくは会ってないからよくわからないけど、君は「二人の相性はよくない、と会った瞬間、直感的にわかった」と言ったよね。女が「直感」って言葉を出すときは危ないと決まっているからさ、それ以上何も聞かなかったし、言わなかったけど、結果的に、清志も彼女と別れたってことは、やっぱり、君の言うとおり、もともと二人の相性が悪かったってことなんじゃないかな。

それから、「この一年間、わたしの様子がおかしくなかった？」という聞き方で、記憶にない日々を探ろうともしてみた。それについての高志の答えはこうだった。

——君の様子？　清志に無視されて落ち込んではいたけど、家にいるときは普通だったじゃないか。ぼくと一緒に映画のＤＶＤを観たり、休みの日にうまいそば屋を食べ歩いたり、それなりに元気にしてただろう？　でも、まあ、小学校だか中学校だかの親友も亡くなったりして、ふさぎこみがちではあったよな。

親友とは啓子のことだ。高志は、妻がうつ状態にあるのを自覚した上での発言だと思ったらしく、そんな奇妙な質問にもはぐらかさずにきちんと答えてくれた。この一年、息子に無視されたり、親友を失ったりと、精神的に不安定になってもおかしくない要素は確かにあったはずだ。「うつぎみだったの」と言っても、夫は信じてくれるだろう。

記憶にない一年間について、自分とかかわりのある人間全員に聞いて回りたかったが、さすがに不審がられそうで、対象は夫に限られた。

去年の十月二十六日から今年の十月二十六日までの「香川宏美」は、どんなふうにふるまっていたのか。宏美は、そのあいだに届いた郵便物や家計簿をチェックしたり、カレンダーの書き込みから記憶がよみがえるのを待ってみたりしたが、だめだった。記憶のかけらもよみがえらない。携帯電話のメールを調べても、自分の記憶にないやり取りばかりで、とはいえ、どれもごく日常的な内容でしかも辻褄の合うものばかりで、例の実験に関するような疑わしい内容のものは見当たらない。この一年間の記憶がすっぽり抜け落ちているのだから、まるで、同じ顔をした人間が自分を演じていたように感じられて、考えるほどに気味が悪くてたまらない。

「ところで、お姉ちゃん。その女性……早苗さんっていったかしら、どこが気に入らなかったの？」

と、直子が好奇心で目を輝かせて聞いてきた。

すべてよ、と言いたかったが、宏美はかぶりを振ると、「もういいじゃない、清志の話は。それより、大事なお母さんのこれからのことを話し合いましょう。それで集まってるんだから」と促した。

「だから、まだわたしは一人で大丈夫だって」

と、母親が弱い笑みを口元に浮かべて言う。

「幸江は、うちで一緒に住んでもらってもいい、と言ってるんだけどさ」

健介が唐突に妻の名前を出して、その場が一瞬凍りついたようになった。

健介の妻の幸江は、血のつながったきょうだいではないのだから、当然この席にはいない。

「お兄ちゃん、本当に幸江さんがそう言ったの？　お母さんと同居してもいいって？」

直子は、健介の顔をのぞきこむようにして問う。

「ああ」

「へーえ、いまどき珍しいお嫁さんね。自分から姑《しゅうとめ》との同居を望むなんて」

感心、感心、と直子がおどけた口調で続けると、

「もうやめてちょうだい」

と、三きょうだいの母親が声を荒らげた。

「まるで、お荷物扱いじゃないの。まったく、お母さんを何だと思ってるの。まだ七十八で、足腰もしっかりしてるのよ」

「わかってるよ、そんなこと。まだ元気なうちに今後のことを、って主旨の話し合いじゃないか」

少しひるんだ声ながらも、長男が言い返す。

「この家をたたんで、健介のところに同居しろってこと？　それとも、健介と幸江さんがここに移るってこと？」

年齢相応に気管や声帯が弱くなり、声がしわがれてはいるが、三人子供を産んだ七十八歳の女は気丈だ。

「お母さんの好きなほうでいいよ」

健介は、いっそうトーンダウンした声で答える。健介の二人の娘は、二人とも家を出て

家庭を持っている。千葉県内に住んでいる長女には子供もいて、健介はきょうだいの中で一人だけすでに孫のいる「おじいちゃん」でもある。長女は二人目を身ごもっている。

「じゃあ、足腰が立たなくなるまで、ずっとここに一人で居させてちょうだいな」

三きょうだいの母親は、悲痛とも感じられる響きをこめて言うと、真剣な表情で言葉を継いだ。

「健介、あんたにはもう孫もいて、幸江さんはこれから孫の世話もしなくちゃならないでしょう? もう一人生まれるんだし。若いおばあちゃんなんだもの、頼りにされてあたりまえよ。孫の育児のほうが大事なときに、お姑さんを抱え込んじゃったら、それこそ大変じゃないの。それに、お母さんは元気で、まだこうして何でも一人でできる。買い物もご飯のしたくも、洗濯も、ゴミ出しも。お父さんの世話だって、ちゃんと一人でしてきたわ。海老名にはお母さんの古いお友達もまだ健在で、お茶のサークル仲間もいる。お母さんはね、お父さんの思い出のいっぱい詰まったこの家を、知り合いがたくさんいるこの地を離れたくないのよ」

八十近い母親のよどみない口調の主張に圧倒されて、子供たち三人はしばらく言葉を発することができなかった。

「お母さんの言うとおりね」

ここは、長女の自分が結論を出すべきだろう、と宏美は思った。元気なうちは好きな場所で好きなように暮らしたい。もっともな意見である。それに、宏美は、最前の母親の言葉に心を打たれていたのだった。息子の目の前で「この人と結婚しちゃだめ」なんてはっきり言ってはいけないというのは、そのとおりで、まさに正論である。これだけ堂々と正論を言えるうちは、一人で生活させておいても大丈夫だろう、と考えたのだ。

「あとはわたしたちで決めましょうよ。健介のところは近いから、何かあったらすぐにここに駆けつけられる。わたしもパートのない日は、なるべく時間を見つけてお母さんの様子を見に来るわ。大きな買い物の手伝いもできるし、細かなところの掃除もできる。それから、直子は遠いからあんまり無理をしないで。いままでどおり、せっせとあちらのおいしいものを送ってくれればいいわ。お母さん、明太子が大好きだから」

「そうよ、そうしてちょうだい。お母さんだって、自分でこれまでと思ったら、ちゃんとSOSを出すからね」

と、ようやく母親の顔に苦笑ではない本物の笑みが生まれた。

その夜は、宏美と直子の二人が実家に泊まった。

「宏美、あんたには済まなかったと思ってる」

直子が風呂に入っているときに、寝巻き姿になった母親が居間で言った。

「どうして？」

謝られなければいけないようなことがあっただろうか。

「何かと我慢させちゃったからね。大学のことも、振袖のことも」

大学に関しては、四大に進みたいという希望が叶わなかったことを言っているのだろうが、振袖とは何だろう。

「裂き織りの作品、増えた？」

「ああ、うん」

藍色と黄色を基調とした裂き織りのタペストリーが、いま実家の玄関の一番目立つ場所に飾られている。去年の母の日にプレゼントしたものだった。

「成人式のときに作ってやった振袖、結局、直子へのお下がりになっちゃって、そのまま直子が嫁入りのときに持って行って、あんたのものにはならなかったよね」

遠くを見る目で、母親は寂しそうに言う。

「何だ、そんなこと？　うちは二人とも男の子だったから、振袖なんかなくてもよかったのよ」

直子には高校生の娘がいる。

「お母さんもいい着物は持っていなかったから、あんたの裂き織りに使えるようなものは何もなくてね。いまだから言えるけど、あのころはお父さんのつき合いにお金もかかって、あんたたちの教育費もあったし……」

「わかってる。そんなの、気にしなくてもいいのに」

自分が母親になってみて、主婦としての苦労は痛いほどわかる。

「そのかわり、高志さんの亡くなったお母さんがいっぱい着物を残してくれたんだって？」

「まあね、裾や袖口がすり切れたり、古くなったりした紬《つむぎ》が多いけどね」

「じゃあ、よかったね。材料がいっぱいあって。それなら、これからもいっぱい作品が作れるね」

わが子が夏休みに挑む図画工作を見守るようなやさしい目をした母親に、宏美は胸が詰まった。八十近くになっても、やっぱり、子供は子供なのだ。

「清志のことはあんまり心配しなくていいよ」

おやすみ、と寝室に行く前に、七十八歳の母親は静かに宏美に言った。

「いつかきっと、清志の頑《かたく》なな心がほぐれるときがくるからね。あんたは、ただ待っていればいいんだよ」

第四章　過去　その１

１

タイムスリップ体験をしてから二週間あまりが過ぎた。情けないことに、清志にはまだ無視されたままだ。清志の携帯電話に何度もかけてみたのだが、母親からだとわかると出ないと決めているらしい。

「あなたから電話してみて」

と、夫に頼んでみたが、

「父親とも何も話すことなんてないだろう。放っておけばいいさ。そのうち、わだかまりもとけるだろう」

高志は、別段、大問題ともとらえていないようだ。

一年前の「修羅場」にかかわったのは三人。「三者会談」でもあったわけだから当然だが、清志と自分のほかに、山崎早苗がいる。彼女の連絡先は、手元にある。勤務先の電話番号と実家の住所と電話番号。彼女に連絡して、「去年のあの日以降のできごと」について聞こうとも考えた。なぜ、清志と別れるに至ったのか。しかし、そんな大胆な行動はさすがに起こせなかった。ここで騒ぎ立てたら、よりを戻して、という展開にならないともかぎらない。

——やっぱり、お母さんが言うように、清志の頑《かたく》なな心がほぐれるときを、ただ待っていればいいのか。

そんな迷いに心が揺れていたときに、啓子の姉の浅野春枝から電話がかかってきた。パートから帰った夕方だった。

「宏美さん、その節はどうも」

浅野春枝は、短い言葉で切り出した。

「いえ、こちらこそ、いろいろとありがとうございました」

そう受けてから沈黙が続いたとき、宏美は〈あれ？〉と思った。何の用なのか。一周忌にはまだ早い。

「いま、神奈川にいるんです」

と、浅野春枝は今度も短く言葉を刻んだ。

「ご実家ですか？」

「ええ、まあ、いろいろと」

「寂しい思いをされていることとお察しします。妹さんの形見の品を送ってくださり、ありがとうございました」

自分からかけてきたくせに相手の口が重いので、宏美は形式的な挨拶を口にした。「啓子」と呼び捨てにするのはためらわれた。

「そのことですけど」

浅野春枝は、やや口調を弾ませて受けた。ああ、それが目的だったのか、と合点する。

「何だったのかしら」

「えっ？」

「箱の中身は何だったのかしら」

「それは……」

心臓がびくんと跳ね上がった。言ってもいいものかどうか。

「教えたくなければ、言わなくてもいいんですよ」

浅野春枝は、口調を和らげた。

「別にそういうわけじゃないんですけど」

「妹は余命を言いわたされていたから、身のまわりの片づけをする時間はあったんですよ。預金通帳や大事な書類などは、わかるところに置いてあったし、事前に姉のわたしにいろいろと頼みごとをしていたから。マンションも引き払いました。でも、実家の片づけだけはまだでしてね。母が亡くなったあと、二人でゆっくりと片づけをしていけばいいね、なんて話していたときだったんです。それなのに、わたしより先にあんなふうに逝ってしまって……」

浅野春枝は、核心に触れる前に妹との思い出話に言及して、しんみりした口ぶりになった。

「宏美さんは、ご両親はご健在？」

いきなり質問を向けられて、宏美は面食らった。

「父が先日、亡くなりました。八十四歳でした」

「あら、そうなんですか？　ごめんなさい、存じあげなくて」

「いいえ」

知っていたとしても弔問するまでの関係ではない。

「実家には母が一人になりましたが、弟が県内にいますし、わたしもときどき様子を見に行きますから」

大丈夫です、と心の中で続けて、なぜ啓子の姉に説明せねばならないのだ、と思った。

「実家の片づけって大変よ。予想もしていなかったものがごろごろ出てきてね」

いきなり、口調がくだけた。

「はあ、そうですか」

「宏美さん、知ってる？　いま、金とかプラチナとかダイヤって専門店に持ち込むと高いっていうけど、本当なのよ。引き出しの奥から出てきた母の鎖の切れた十八金のネックレスが、けっこうな価格で売れてね」

しかも、浅野春枝は早口で話し始めた。よどんでいた川の流れが急に速やかになったようだった。次の予定が迫っていて、悠長に話してはいられない、と気づいたのか。

「啓子もあんなふうに見えて、けっこう、貴金属は好きだったのよ。金に投資する意味もあったのかしら。ほら、専門職だったから、お給料もよくてね。独身で、子供もいないと、お金をかけるところもあんまりないでしょう？　喜平の重たいネックレスや、ヤクザがはめるようなごついブレスレットなんかも集めていてね。純金積み立てもしていたみたいなの。洋服や化粧品には全然興味がなくて、地味にしていたから、その分、そっちのほうに投資できたのね」

「そうですか」

浅野春枝が電話をかけてきた目的が、それでつかめた。

「箱の中身は、梅酢でしたけど」

だから、単刀直入に言ってやった。ブレスレットと金貨が何枚か見当たらないんだけど、などと言われてはたまらない。

「梅酢？」

と、浅野春枝は空気の抜けたような声を出した。

「ええ、梅酢です。瓶に入った赤い液体。手紙に『祖母の代からの梅酢で、母の形見でもあります』とありました」

「啓子がそんなものを宏美さんに？」

本当かしら、と疑うような響きが声に感じられたので、

「お見せしましょうか？」

と、宏美は強い態度に出た。

「あ、いいえ、いいんですよ」

電話口で首を振ったのか、浅野春枝の声がくぐもった。

「あの梅酢って、実家を片づけたときに出てきたものだけど、あの子、捨てなかったのかしら。そんなのを送られても、宏美さんも困るわよね」

「啓子には、梅酢を形見分けする理由があったのだと思います」

そう言って、宏美は、小学二年生の夏休みに二人で行なった自由研究の話をした。

「だから、懐かしくなって、当時の思い出を書いた手紙と一緒に、わたしへの贈りものにしてくれたのだと思います」

「十円玉をきれいにするっていう実験ね。酢とかマヨネーズとか、調味料をいろいろ持ち出してやってたっけ」

浅野春枝は関心がなさそうに受けて、「あの子、昔からちょっと変わり者だったから」と言い添えるなり、「あら、ごめんなさいね。宏美さんも変わり者だと言っているんじゃないのよ」と、あわてたようにさらにつけ加えて笑った。

「わたしには価値あるプレゼント、貴重な形見の品です」

宏美は、そう言い切った。浅野春枝が梅酢の魔力に少しも気づいていない様子なのがわかって、ホッとしてもいた。

「ごめんなさいね。宏美さんも処分に困るでしょう？　飲む……つもりじゃないわよね？」

彼女にとってはまったく価値のないもののようで、心から申し訳ないといった口調に聞こえた。

「飲みはしませんが、家の中に飾っておきます。見るたびに、啓子を思い出すことにつながりますし。それに、おばあさんの代からの梅酢だとしたら、何かしら不思議な力が秘められていそうで、風水のお守りがわりにもなりませんか？」

本当に梅酢に未練がないかどうか、そんな言葉でしつこく試してみた。

「そうね。飾っておくことで、宏美さんに幸運が訪れるといいわね」

浅野春枝の返答には、悪意や作意は感じられない。

「宏美さんには、啓子の分まで長生きしてほしいと願っているのよ。啓子には築けなかった幸せな家庭を築いている宏美さんにはね」

本心からそう望んでいるのだろう、浅野春枝の声は震え始めた。彼女の発言に腹を立てたことを、宏美は少し後悔した。両親を失い、たった一人のきょうだいまで失ったのである。悲しみは深いはずだ。面倒な実家の処分も、彼女一人の肩に重くのしかかってくる。何かと費用もかかるだろう。妹の遺品の中でも金目のものに執着する気持ちはわからないでもない。

「おかしな電話をかけて、ごめんなさいね」

あちらも自分の発言を悔いているようだ。声が沈んだので、電話を切られる前に、と宏美は急いで言った。

「啓子の遺品の中に、何か日記みたいなものはなかったですか?」

「日記?」

「メモ帳とかカレンダーとか、そういう類のものでもいいんです」

「なかったと思うけど……。最後に入院する前のひとときは、そういうものを処分するための時間じゃなかったのかしら」

声に訝《いぶか》しげな響きをのせて、浅野春枝は答えた。余命宣告を受けたあと、身のまわりの片づけをする時間はあったというから、処分した可能性は充分考えられる。あの実験ノートも親友に渡すために清書したもので、もとのノートは捨てたとも推測できる。

「どうして?」

「あ、いえ、たいしたことじゃないんですけど」

深呼吸をしてから、宏美はやり取りのあいだに組み立てた架空の話をし始めた。

「箱には梅酢と一緒に手紙が入っていたと言いましたけど、そこに、ちょっと気になることが書いてあったんです。『自分の寿命があらかじめわかっていたら、あのとき、こうしていればよかった、と後悔していることがある』って。『もっと自分の気持ちに正直になればよかった』って書いてあったんです。でも、その具体的な内容には触れていなくて」

具体的な内容が、異性関係の悩みとも仕事上の悩みともとれるように、話を作ったのだった。

「そうなの」

浅野春枝は、宏美の深呼吸よりも深いため息をついてから、やっぱりね、とつぶやいた。

「あの子、やっぱり、後悔していたんだわ。一度、プロポーズされたみたいでね。でも、悩んだ末に仕事を選んで、そっちのほうは断ったみたい。相手の人が海外に行く予定だったから、とかで」

「それは、いつごろの話ですか？」

「二十年くらい前だったかしら」

二十年くらい前というと、三十四歳前後だ。

——やっぱり、そうだ。

心臓の鼓動が速くなる。

「その人は、いまどうしているんでしょうか。まだ海外に？」

海外で仕事をしている人なのだろうか。

「さあ。名前も知らないから」

答えてから、ハッと胸をつかれたように、「啓子が手紙の中で、何か宏美さんに頼んでいたの？」と、浅野春枝は声を高くした。

「あ、いえ、何でもないんです」

言葉を濁して電話を切り、宏美は高鳴る胸を手で押さえた。鼓動が鎮まると、キャビネットから実験ノートを持ち出した。

裂き織りの作業台にしているダイニングテーブルで、ノートを開く。啓子が五時間のタイムスリップに成功したのは、全部で五回だ。

二十一回、二十四回、二十七回、二十八回、そして、ラストの二十九回。

二十一回目の実験は、去年の九月十四日の土曜日から十五日の日曜日にかけて実施されている。試行錯誤の結果、幸いにも偶然、タイムスリップに初成功したのだろう。そのときの十円硬貨には、平成十五年、実験時より十年前に製造されたものが使われている。タイムスリップした場所は、「自宅」と記されている。タイムスリップした先でのできごとなどの詳細が書かれていないのは、やはり、啓子が意図的にカットしたか、その部分を省いてノートを作り直した可能性が高いのではないだろうか。平成十五年の九月十五日を調べてみたら、月曜日で祝日だった。

二十四回目の実験は、十月四日の金曜日から翌日にかけて行なわれている。使用した十円硬貨は平成二十四年製造のもので、実験時の一年前のものである。ほんの一年前へのタイムスリップを試みた理由は何だろう。

——わたしだったら……。

と、思案した結果、宏美は以下のように推測を展開させた。

——二十一回目の実験で五時間に及ぶタイムスリップに成功した啓子は、起きた現象を容易には信じることができず、偶然の結果なのか必然の結果なのか、わからずにいたのだろう。もしかしたら、使用した十円硬貨そのもの、あるいは梅酢を含んだ溶液そのものに「魔力」が宿っていた可能性もある、と考えたに違いない。それで、二十二回、二十三回、と二度続けて同じ十円玉と同じ溶液で実験を試みた。が、結果は「変化なし」だった。次の二十四回目の実験時、啓子は大いに迷ったはずだ。成功した二十一回目と同じ製造年の十円玉を使うべきか否か。同じ製造年のものを使って同じ結果が得られたとしたら、製造年そのものに「鍵」があると考えられる。だが、もし違う製造年の十円玉を使って成功したら、それは製造年には関係なくタイムスリップできるということになる。貴重な実験、貴重なチャンス。徐々に減っていく梅酢に刻々と過ぎていく時間。そして、啓子は、二十一回目とは違う製造年のものを使うことに決めた。いずれにせよ、今回もタイムスリップそのものは成功する可能性が高い、と考えたからだろう。実験に成功した場合、遠い過去より近い過去へのタイムスリップのほうが肉体的にも心理的にも受けるダメージは少ないとも思われる。記憶も新しいから、タイムスリップ時に想定外の事件が起きた場合でも対処しやすい。

その二十四回目。啓子は、去年の十月五日より一年前の同じ日にタイムスリップしている。平成二十四年十月五日は金曜日。啓子がタイムスリップした先は、「会社」であった。二十五回目の実験では、梅酢の量を10ccに増やし、水の量を40ccに減らしている。梅酢に十円玉を漬ける時間は五時間。しかし、結果は十分間程度のタイムスリップ。二十六回目の実験では、梅酢と水の量をもとに戻して、十円玉を漬ける時間を一時間延ばしている。が、結果はこちらも十数分。

そこで、啓子は、「梅酢5ccに水45ccの分量、十円硬貨を溶液に浸す時間は日付をまたいできっかり五時間」という奇跡的で美しい「黄金比」を確信したのだろうが、残念なことに、このあたりで彼女の身体《からだ》を蝕《むしば》む魔の手が伸びてきたようなのだ。二十七回目の実験が昨年の十月二十五日から二十六日にかけて、二十八回目の実験が十一月十六日から十七日にかけて、最後となった二十九回目の実験が十二月七日から八日にかけて、である。実験の日数が減っているのは、体調の悪化で体力が落ちたせいなのか、通院に時間をとられたせいなのか。浅野春枝に頼んで、啓子の生前の通院記録などを調べてもらえばはっきりするかもしれないが、そこまでする必要はないだろう。実験ノートを清書した際に、実験を含めたそのほかの記録を省略した可能性もないとは言えない。

最後の三回の実験に用いられた十円硬貨の製造年が、平成七年のもの、いまから十九年前のものなのである。啓子がプロポーズを断った、とされるころと一致する。

——啓子は、過去の同じ時期に三度もタイムスリップしている。

別々の日ではあるが、合計十五時間のタイムスリップだ。

そして、そのラスト三回だけ、タイムスリップした場所が一字たりとも記されていないのである。

宏美は、壁のカレンダーを見た。十月二十五日は過ぎてしまった。というより、自分の問題で頭がいっぱいだった。宏美は、二十六日にはタイムスリップするための最終実験をしていたのである。だが、十一月十六日までにはまだ間がある。

——その日に実験してみたらどうか。

熱い思いつきに、宏美の心は浮き立っている。プロポーズを断ったという啓子。あれはいつだったか、一緒に食事をしたとき、啓子が酔った勢いで過去の恋愛経験をぽろりと口にして、しまったというふうに口をつぐんだときがあった。

——プロポーズを断ったことを、啓子が後悔していたとしたら……。

彼女が戻りたかった過去にわたしも戻って、今度は結婚に導いてあげたらどうだろうか、と宏美は思いついたのである。

息子の清志の結婚を阻止することができたのだ。今回は、その逆をするだけである。不可能な話ではない。

——親友の啓子を結婚させる。

宏美は、台所に行って「魔法の梅酢」の残量を確認すると、平成七年製造の十円玉を見つけるためにバッグから小銭入れを取り出した。

2

「すみません。……あの、すみません」

遠くに聞こえていた声が急に耳元近くになり、声にきつさが宿った。

「あっ、はい？」

顔を上げると、カウンター越しにコートを着た女性が立っている。五十代くらいだろうか。見たことのある顔のような気もするが、誰だかわからない。彼女はわずかに表情を曇らせて、「大丈夫ですか？」と、心配そうにこちらの顔をのぞきこむ。

「あ……」

どういう状況なのかわからず、頭の中が真っ白の状態になっている。

「これ、受け取りたいんですけど」

女性は、領収書のような薄い紙を宏美に差し出してきた。

「ああ、はい」

受け取って、文字を読む。「新栄ドライ　大泉東店」という緑色のスタンプが下に押されている。

正面に視線を移すと、フリルのついたエプロン姿の自分がガラス窓に映っている。髪の毛は後ろで一つに結んでいる。

――そうか、こういう姿をしていたのは……。

いまよりもっとずっと若いころだった。頭にかかっていた靄《もや》が晴れて、宏美は、自分の置かれている状況を把握することができた。手にしているのはクリーニング店の受取証で、いま、わたしはそのクリーニング店の受付で仕事をしている。

「お受け取りですね。少々お待ちください」

身体が仕事の手順を記憶している。

「ワイシャツ三枚にスカート、ですね」

受取証の番号を見ながら、店の奥へ行き、棚からポリ袋に入ったワイシャツ三枚を探し出し、二段になったうちの下のバーに下がっていたスカートをはずして、カウンターへと戻った。女性客の持参した緑色のトートバッグにそれらを入れて、「はい、どうぞ。いつありがとうございます」と手渡すと、「ああ、ありがとう」と、女性客はホッとしたような笑顔を見せて店を出て行った。

「こちらこそ」

安堵《あんど》のあまり、そうつぶやくと、宏美はカウンターに両手をついた。しばらくその姿勢で呼吸を整える。

――まさか、こんな場所にタイムスリップするとは……。

自分の愚かさに呆《あき》れた。うっかりしていた。事前にちゃんと調べれば、十九年前のこの日、この時間、クリーニング店にいた可能性は予想できたのに。当時、週に三回、住んでいた家の近所のクリーニング店でパート勤めをしていた。月水金。子供たちが小学校から帰る前まで、という条件が受け入れられて採用され、午後二時までの勤務だったが、店の経営者の都合で、月に一度程度、夕方までの勤務を頼まれることがあった。どうやら、金曜日の今日は、ちょうどそういう日にあたっていたらしい。カウンターの上の小箱に入ったノートをめくってみる。筆跡に見憶《みおぼ》えがある。自分のものだ。

店の時計を見る。午後四時五十分。頼まれていたのは、五時までのはずだった……と記憶している。

そわそわしながら、ノートの記録を確認したり、ゴミ箱のチェックをしたりしていると、「ああ、ごめんなさい」と、経営者の娘がガラス扉を開けて入ってきた。娘といっても、当時すでに四十代。タイムスリップした三十五歳の宏美よりも年上だ。

——あら、懐かしい。

彼女と会ったのは、店を辞めて以来だから、十八年ぶりになるだろうか。宏美たち家族は、この一年半後に埼玉県の戸田市に建売住宅を購入して引っ越したから、宏美は翌年の秋にはクリーニング店を辞めたのだった。予算内の物件が都内には見つからなかったのだ。

懐かしさに思わず声を発してしまいそうになったが、声を呑《の》み込んで、「じゃあ、お先に失礼します」と、宏美は自分の手荷物を持って店をあとにした。バッグやコートの置き場所もちゃんと憶えていた。

店の裏手から自分の自転車を引っぱり出すと、家路を急ぐ。

——わたしはいま三十五歳で、夫は三十七歳。長男の清志は十一歳で小学五年生、次男の雄大は八歳で小学二年生。

十九年前のわが家を、頭の中で改めて「おさらい」する。主婦である自分の帰宅が遅い日はどうしていたのだったか……。

ぼんやりしていたのだろう。信号のない交差点に差しかかったとき、キイッ、とタイヤのこすれる音がして、ハッと顔を向けると、自転車に乗った少年が横倒しになりかかっていた。あわてて止まり、ハンドルを傾けて、「大丈夫？」と少年に聞いた。

「すみません」

怪我《けが》はなかったようだ。高校生くらいに見える制服姿の少年は、体勢を立て直すと、すごい勢いで走り去った。少年のほうがスピードを緩めないままに交差点に突入してきたらしい。

ふたたび走り出して、宏美はゾッとした。反射神経がいいせいか、少年がとっさに止まってくれたので大事に至らなかったが、もし、あのまま止まらずに衝突していたら……。

――どちらかが大怪我をしていたかもしれない。

もし、タイムスリップした先で事故に遭ったらどうなるのだろう。そういう場合を想定したら、冷や汗が出てきた。入院するような大怪我を負ったら。いや、自分ではなく、相手に大怪我を負わせたら。それどころか、どちらかが命を落とすような事態に陥ったら……。

十九年前に事故死した自分は、十九年後には存在していないことになりはしないか。そして、十九年前に誰かを死なせた自分は、十九年後には十字架を背負って生きていることになりはしないか。

「わからない」

いくら考えてもわからない。「タイム・パラドックス」だ。宏美は、一度目のタイムスリップ後に父親の亡骸《なきがら》のそばでしたように、わからない、と激しく頭を振った。考えても結論の出ないことは考えないほうがいい。少なくともいまは考えない。いますべきことを優先させよう。

自宅マンションが見えてくると、宏美は自転車から降りて、歩道の端に寄った。とりあえず、啓子に電話をしよう。まだ会社にいるはずだ。九時始まりの五時半終業。それも憶えている。が、研究職の彼女は残業が当然のような生活スタイルだった。それでも、十九年前のこの時期は……特別だったはずだ。

当時愛用していた布製のバッグの中を探って、宏美は「あっ」と声を上げてしまった。そうだった。十九年前にはスマホはもとより、携帯電話などは持っていなかったのだ。あたりを見回したが、公衆電話は見当たらない。自宅に帰って電話するほかはない。

マンションの裏に行き、駐輪場に自転車を入れ、エントランスに回る。勝手知ったる「懐かしい賃貸マンションの昔のわが家」だから、部屋番号ももちろん記憶している。鍵を使ってオートロックの自動ドアを開け、ロビーに入ってから、〈そうだ、部屋番号を押して子供たちの在宅を確認すればよかったのか〉と気づいた。しかし、戻らずに、そのままエレベーターへと向かう。

ここに住んでいた当時の建物にまつわる記憶はよみがえるのに、子供たちに関する記憶が曖昧なことに、宏美は愕然《がくぜん》とした。マイホーム資金を貯《た》めるために夫婦で必死に働いていたあのころ。子育てに支障のない範囲でパート勤めをしていたとはいえ、学校の行事が入ったり、子供が突然熱を出したり、と想定外のできごとはたびたび起こった。そういうときは、まだ六十前で若かった海老名の母親に頼んで、かわりに行事に参加してもらったり、いまでいうママ友仲間に仕事が終わるまで子供の世話を頼んだりしていたのではなかったか。ならば、こうして、パート時間を延長させられたときはどうしていたのか……。一つだけわかっているのは、自分の父親と同様に仕事人間だった夫には頼れなかった、ということだ。

――小五の長男を学習塾に通わせていて、小二の次男をスイミングスクールに通わせていた。地域の少年野球チームに入っていたのは次男で、練習は土日だけだったはず……。

錆《さび》ついた記憶の箱を、まさに汚れた十円玉を磨くように磨いていると、エレベーターの扉が開いた。

「あら、香川さん」

懐かしい顔が現れた。当時のママ友の一人、畑中《はたなか》さんだ。下の名前は知らない。当時はかなり仲よくしていたのだが、宏美たちが引っ越した一年後に、彼女もまた夫の転勤で家族で山陰地方へ転居してしまったので、それきり疎遠になってしまった。

「こんにちは。あの……」

子供たちのことを聞こうとすると、

「雄ちゃん、横田《よこた》さんのところにいたわよ」

と、うまい具合にあちらから情報が転がり込んできた。横田さんのことも憶えている。

「あ、どうも」

頭を下げて、エレベーターに乗る。横田さんとはいまも年賀状のやり取りだけは続いている。雄大と横田さんの息子とがクラスメイトで仲がよく、互いの部屋を訪れてはよく遊んでいた。だが、子供同士は気が合っても、母親同士も気が合うとはかぎらない。香川親子と横田親子との関係がそうだった。

エレベーターが閉まる寸前、走ってきた男の子の姿が見えた。とっさに「開」のボタンを押す。黒いランドセルが見えたから清志かと思ったが、違った。顔形に記憶のある、だが、名前の思い出せない男の子だった。

「こんにちは」

乗り込んだ男の子は、きちんと宏美に挨拶をした。住んでいたマンションでは、乗り合わせたら挨拶をする、という習慣があったのを思い出し、少し気分がほぐれた。

「何年生？」

三階のボタンを押した男の子に聞くと、

「六年です」

男の子は、宏美の目を見て答えた。

「いま帰り？」

「そうです」

「遅いのね」

「クラブがあったから」

「ああ……そうだったわね」

ようやく思い出した。小学校の高学年になれば、放課後のクラブ活動が始まる。五年生の清志はまだ帰宅していない可能性が高い。

「何のクラブ？」

「バスケットです」

答えたところで、三階に着いた。ぺこりと頭を下げて、男の子は降りて行った。

――清志は、パソコンクラブに入っていたっけ。

記憶の箱が磨かれて、ようやく光を放ち始めた。クラブ活動がある金曜日は、清志の帰宅は五時過ぎになった。

五階で降りて、部屋へ向かう。五〇八。部屋番号もちゃんと記憶している。雄大を預かってもらっている横田さんの部屋は、二つ上のフロアだ。だが、迎えに行く前に、身軽な状態で済ませたいことがあった。

鍵を開けて玄関扉を開けた途端、〈ああ、こういう匂いだった〉と、懐かしさに胸が詰まった。汗と泥と洗剤の入りまじった匂い。あのころは、年々大きくなる息子たちの足のサイズに驚き、靴の買い替えどきに頭を悩ませたものだった。

３ＬＤＫの間取りで、子供部屋に二段ベッドを置いていた。清志が中学校に進学する前に一戸建てを買おう、と決断したのだった。突き当たりのリビングルームまで進むと、キッチンカウンターに置かれた古いタイプの電話機が目に入った。そうそう、こんなのを使っていたのよね、とやはりここでも郷愁を呼び起こされる。

かける相手は、会社にいるはずの啓子だ。当時使っていた電話帳に、連絡先として自宅と会社の番号が記されていたはずだった。

ところが、番号を見つけて受話器を取った瞬間、下半身に違和感を覚えてドキッとした。股間を熱いものが流れ落ちる感触がある。

少し迷ったが、先に洗面所へ行って手当てを済ませた。目当てのものは、ちゃんと棚の中にあった。

――そうか、十九年前といえば、わたしはまだ妊娠可能な年齢だったのね。毎月、こんな煩わしさを経験していたなんて……。

しかし、その煩わしささえ懐かしい。五十一歳で閉経したときは一抹の寂しさも感じたものだが、それから三年もたっていたから、生理がないのがあたりまえの生活になっていた。

カウンターに戻り、電話をかける。電話に出た女性に内線番号を告げると、しばらくして男性の声が応じた。自分の名前を告げ、「時田啓子さんをお願いします」と言うと、ほかの電話に出ているからかけ直させる、と言う。

折り返しの電話を待つ時間が緊張感を和らげる時間となった。

住まいは変わっても、壁の時計は変わらない。その時計を見ると、五時二十分だ。十一月も半ばを過ぎたから、外はもう暗いし、空気は冷たい。急に寒気を覚えて、宏美はエアコンのスイッチを入れた。

改めて、壁の丸い鏡に映った自分の顔に見入る。若い。当然だ。まだ三十代なのだから。頬にたるみも見られないし、唇の脇に刻まれていたはずのしわもない。ゴムをはずして髪の毛を垂らすと、肩まであった。髪にはコシがあり、前髪もペタンとしていない。五十四歳の宏美は、毎朝、前髪をふっくらさせるのに苦労しているのだ。

――啓子もタイムスリップしてきたとき、同じように感じたのかしら。

「実験」に思考が及んだ瞬間、そうか、別に今日という日を選んでタイムスリップしなくてもよかったのか、と気づいた。昨日でも一昨日《おととい》でもよかったのだ。プロポーズを受けるべきか否か迷っている最中の啓子に、「明るい未来のためにもプロポーズを受けるべきよ」と、強くアドバイスするだけでよかったのかもしれない。

今回、宏美は、啓子の退社時間に合わせてきれいになった十円玉を見つめる実験を開始したのだった。残業せずに退社する場合や早退する場合も想定して、四時半に実験を開始した。遠のいた意識が戻ったのが四時四十五分で、計算上の「タイムスリップ滞在時間」

は五時間だから、猶予は午後九時半ごろまでとなる。

電話が鳴って、心臓がバウンドした。

「香川さんのお宅ですか？」

携帯電話の普及が一般的でない時代のかけ方で、啓子は電話をかけてきた。気のせいか、啓子の声も少しばかり若い。

「ああ、啓子。いま、会社？」

時間を節約したい気持ちに急《せ》かされて、おかしな受け答えになった。

「さっき、宏美がかけてきたんじゃない」

「ああ、うん、そうなの。で、啓子はこれからデート？」

「何で……知ってるの？」

やっぱり、そうだ。一年前に啓子がタイムスリップして戻ったのは、いまから十九年前の大事な日、彼とのデートの日だったのだ。

「啓子は憶えていないかもしれないけど、このあいだ、酔った勢いで電話でそう言ってたから」

酒好きな啓子だからごまかせた。

「そうか。……自分が嫌になっちゃう」

啓子は、自嘲ぎみに言って笑った。

「どこで会うの？」

「えっ？」

プライベートに踏み込んできた親友に、啓子は面食らっている。

「いいじゃない。教えて。銀座？　新宿？」

デート現場に乗り込んで、「そのプロポーズ、受けなさい」と、啓子の耳元でささやいてあげるのだ。啓子の未来を変えることによって、彼女の人生にまつわる根源的な要素や付随する条件も変わるのではないか。希望的観測かもしれないが、宏美はそう考えたのだ。将来、啓子は命にかかわるような病気にかからずに済むかもしれない。病気が避けて通れない未来の要素——運命——であるのなら、せめて、好きな人と結ばれて、一緒に暮らす喜びを啓子に味わわせてあげたい。

「カケイさんと会うのは、あそこよ。ほら、去年、宏美と一緒に行ったドイツ料理を出すレストラン。カケイさんが『どこでも好きなところを指定して』って言うから、そこにしたんだけど」

彼氏は、カケイという名前らしい。筧《かけい》か。名前に心当たりはない。啓子が親友にも話さなかった交際相手ということだ。「酔った勢いで口を滑らせた」と思ったから、打ち明けてくれたのだろう。

「有楽町のあそこね？」

子育てに忙しくあまり家をあけられなかった時期の会食は貴重であり、店の名前や料理を忘れることはない。何種類ものビールを取り揃《そろ》えていて、ドイツの黒パンとプレッツェルがおいしいレストランだった。「たまには息抜きすれば？」と、珍しく夫が子供たちの面倒を見てくれた夜だった。

「で、プロポーズ、受けるつもりなの？」

電話で聞けるところは聞いてしまいたい。時間が限られているのだから。

「何よ、それ。何のこと？」

啓子は、頓狂な声を上げた。とぼけたわけでなく、本当にまだプロポーズされていないのだろう。まさに、今夜がその本番の夜なのだ。

「もし、彼に『結婚してほしい』って言われたら、『はい』って答えるのよ。いいわね？」

「バカバカしい。時間がないから、じゃあ」

笑い声とともに、電話は切られた。

バカバカしくはない、と宏美はつぶやいた。こうしてはいられない。一分一秒たりとも無駄にはできない。

——それにしても、清志は遅い。もう暗いのに。

同じマンション内に友達はいない。学校からマンションの近くまで同級生と一緒に帰り、途中からは一人だ。

――でも、まずは、横田さんのところに雄ちゃんを迎えに行かないと。

鍵だけ持って玄関へ向かったとき、玄関チャイムが鳴った。

ドアを開けて、宏美は息を呑んだ。いまよりずっと若い、いや、幼い、ランドセルを背負った子供たちが立っている。

「お帰りなさい」

呆《ほう》けたような声が口から漏れ出た。

「ただいま」

落ち着いた声で清志が言う。小五ですでに百六十センチあった清志だが、顔はあどけない。

「お兄ちゃんが迎えにきてくれたんだよ」

ただいま、を省略して言うなり、雄大はランドセルを玄関に放り出して、靴も揃えずに廊下に駆け上がる。

「ああ、そうだったよね」

ようやく思い出して、宏美はこわばった笑顔を作った。「雄ちゃんは七階のヒロ君の家で遊んでてもらうから、帰りがけに寄って、一緒に帰ってきてね」と、前日、清志に頼んでおいたのだろう。十九年も前の、子育てに奮闘していた怒濤《どとう》のような日々のほんのひとこまなのだ。思い出すのに時間がかかって当然だろう。そして、あっ、と胸をつかれた。

急いで通路に出ると、案の定、横田さんがいてエレベーターを待っている。七階からここまで子供たちを送り届けてくれたのだろう。

「すみません。雄大を遅くまで預かっていただいてて」

几帳面《きちょうめん》な横田さんは、もう夕飯のしたくにとりかかる時間だろう。きっちりした性格ゆえに、同じ建物内でもよその子は部屋まで送り届けると決めているようだ。

「いいんですよ。じゃあ、また」

横田さんの姿がエレベーターに消えると、宏美は大きなため息をついた。自分がタイムスリップして来る前の「香川宏美」に、そして、自分が未来に戻ったあとの「香川宏美」に絶対に迷惑をかけてはならない。ママ友の関係をぎくしゃくさせるような原因を作ったら、今後の彼女が生きにくくてたまらなくなるだろう。家族にも迷惑が及ぶ。

そう思ったら、ふと疑問が頭をもたげた。自分の意識は過去の「香川宏美」の中にこうして潜り込んでいる。ならば、本来の「香川宏美」の意識はどうなっているのか。一時的に眠っているだけなのか。それとも、タイムスリップしたあとの「空洞状態の香川宏美」の中に、やはり、同じように潜り込んでいるのか。すなわち、時間を超えての意識の交換である。

しかし、一度目のタイムスリップのあとに現在に戻った宏美は、本来の自分が不在だったときの記憶をかけらも持っていなかった。いずれにせよ、時間を超えての意識の交換かどうか、確かめる方法はない。

――よそう、考えてはいけない。

ふたたび首を左右に強く振って、余計な想念を排除した。子供たちが帰ってきたのだから、次にすることは夕飯のしたくだ。自分は主婦で、母親なのだから。

部屋に戻ると、清志は洗面所で手洗いうがいの最中で、雄大はソファに転がって漫画を読んでいる最中だった。当時から性格の違いがこれほど顕著だったのか。そういえば、当時から二人の呼び方も違っていた。長男の自覚を持たせるために清志は呼び捨てにし、甘えん坊の次男は「雄ちゃん」と愛称で呼んでいた。無意識にしていたことだったが、果してそれがよかったのか、と十九年後の宏美は遅まきながら反省した。

キッチンからご飯の炊ける匂いが漂ってくる。もしや、と心に明かりが灯《とも》ったようになって駆け込むと、やっぱり、そうだ。タイマーがセットされていたらしく、ご飯が炊き上がっている。すごい、わたしって、と十九年前の自分に今度は素直に感心し、感謝した。パートで帰りが遅くなる日は、五時半に炊けるようにあらかじめ電気釜をセットしておいたのだった。

ならば、と冷蔵庫を開ける。何か作り置きをしていないだろうか。ところが、密閉容器にかぼちゃの煮つけが入っているだけだ。育ち盛りの子供たちの主菜となるものではない。

「ねえ、雄ちゃん、今晩カレー食べたい？」

手っ取り早くカレーにしよう、と思いつく。冷蔵庫には合いびき肉が、野菜室にはじゃがいもとにんじんと玉ねぎがある。

「えっ、今日の給食、カレーだったよ」

と、漫画から顔を上げた雄大が口を尖《とが》らせる。

「あ……そうか」

冷蔵庫の扉に丸い形の赤いマグネットで貼られている献立表を見て、なるほど、と宏美は納得した。十九年前の今日、夕飯に何を作ったかなど憶えてはいない。が、少なくともカレーライスでなかったことは、これではっきりした。

「じゃあ、何にしようかしら。……でも、まあ、その前にあなたも手洗いうがいをして」

冷凍庫を開けて、ハンバーグがあるのを見て、それを調理しようと決めた。夕飯の準備に三十分。子供たちを食卓に着かせて、ちゃんと留守番するように、絶対に火を使わないように、寒くても電気ストーブをつけないように、と清志に念を押してから外出するとして、六時十五分にはここを出られるだろう。宏美は、頭の中で時計の針を進めた。有楽町の例の店に、遅くとも八時前には入れるだろう。

「ねえ、清志」

ようやく洗面所から出てきた清志に、宏美は正面から向き合った。すでに母親の背を超している清志だが、まだ声変わりはしていない。

——こんなに幼い愛らしい子が、十九年後には母親に反発して、口もきかなくなるなんて。

場違いにも感慨に浸りたい気持ちに襲われたが、そんな時間はない。そういえば、この子には反抗期らしきものがなかった、ともいまさらながらに思う。

「お母さんね、急に用事ができちゃったの。で、これから出かけなくちゃいけなくて」

「どこに？」

当然ながら、清志は無邪気に聞いてくる。

「お母さんの大切なお友達が助けを求めているの。一人で暮らしていてね、病気になっちゃって。だから、様子を見に行かないと」

「ふーん」

三十歳の息子と違って、小五の息子は騙《だま》しやすい。しかし、やはり、家庭の主婦の行動としては逸脱しているのだろう。清志は、父親譲りの太い眉をひそめている。

「お父さんの帰りが早いか、お母さんの帰りが早いかわからないけど、とにかくそれまで清志と雄ちゃん、二人だけなの。ちゃんとお留守番できるわね？」

「うん」

責任感の強い清志は、こくん、とうなずく。頼もしい。そして、愛《いと》おしい。

「じゃあ」

早速、料理にとりかかる。冷凍食品を解凍し、つけ合わせのじゃがいもとにんじんといんげんを茹《ゆ》でていると、

「何かお手伝いする？」

と、清志がそばにやってきた。台所の調理台やガスレンジは、大柄な清志にはちょうどよい高さだ。風呂掃除や食事のあと片づけなど、率先してやってくれていた当時を思い出す。

「それじゃ、お茶碗《ちゃわん》を並べて。それから、インスタントのスープは作れるよね？」

宏美は、そう指示した。味噌汁《みそしる》まで作っている暇はない。お湯をわかす程度であれば、小五の清志にもやらせていたのだった。

「うん」

清志は返事をすると、食器棚からダイニングテーブルへときびきびとした動作で皿や茶碗を運ぶ。

「ぼくも」

なぜか、雄大もそばにやってきた。

「おまえ、宿題あるだろう？」

と、清志が棘《とげ》のある声で言う。

「そうよ。そっちを先にやってちょうだい」

そうだ、当時は土曜日も学校があったのだった、と宏美は頭の中に時間割を思い浮かべた。いまでは死語になっている「半ドン」がかろうじて使われていたころだったか。

「ヒロ君の家で一緒にやっちゃえばよかったじゃないか」

「だって、遊びたかったんだもん。ヒロ君、プレステ持ってるし」

プレイステーション。懐かしい響きだ。当時、発売されるなり、爆発的にヒットした家庭用ゲーム機である。

「おまえだけやってたんだろ？」

「いいじゃん」

清志は兄としての威厳を保ちながら、弟に接している。二人のやり取りを聞きながら、いつ兄と弟の力関係が逆転したのだろうか、と宏美は考えていた。兄が大学受験に失敗し、弟のほうが世間的に偏差値の高いと言われる大学に合格したときからか。

大皿にケチャップソースで煮込んだハンバーグとつけ合わせの野菜を添えて、清志に運ばせる。

「じゃあ、お願いね。電気ストーブはつけないのよ。わかった？　なるべく早く帰るから」

着替えはしなくてもいい。目的は一つなのだから、今日どんな格好であろうとかまわない。宏美は、パートのときと同じバッグを抱え持つと、清志に念を押して玄関に向かった。

午後六時二十分。大丈夫。まだ間に合う。

「おい、何やってんだよ」

ところが、まさに靴を履いて、ドアノブに手をかけたところで、清志の怒声が上がった。

「どうしたの？」

ただならぬ気配に驚いて戻ると、台所に火が見えた。ガスレンジに燃え上がった炎を、清志が手をぱたぱたさせて消そうとしている。傍らで、怯《おび》えた表情の雄大がなすすべなく震えている。

「何してるの？」

宏美は炎をよけるようにして、手を伸ばしてまずは点火スイッチを切ると、そばにあった鍋の蓋で炎を叩き消した。

すぐに鎮火した。白いふきんがやかんの脇で黒焦げになっている。

「雄ちゃんがやかんかけたんだよ」

「ぼくだって、お湯くらいわかせるもん」

兄と弟の会話で、宏美は事態を呑み込んだ。やかんを火にかけたとき、そばにあったふきんに指が触れて、炎に引き寄せる形になり、火がついてしまったのだろう。

「おまえのせいだぞ」

留守番役を言いつかった清志は、責任感から弟を怒鳴りつけた。

うわーん、と雄大は激しく泣き出した。

「わかった、雄ちゃん。ふきんをこんなところに置いたお母さんがいけないの」

雄大の頭を撫《な》でながら、宏美は迷っていた。想定外のことをしでかすのが子供という生き物だ。やんちゃな雄大はまだ八歳。好奇心旺盛で、どんないたずらをするかわからない。お兄ちゃんだから、と頼りにしている清志だって、まだ小学生なのだ。弟を監視するにも限度がある。

――わたしの留守中に、家が火事になったら……。

子供たちだけで留守番をさせていたとき、マッチ遊びが原因で火事になり、幼子たちが焼け死んだ。そういう事件を思い起こして、宏美は戦慄を覚えた。タイムスリップした先で災害に遭う。怪我人や死者を出す。それこそ、歴史を変える一大事だろう。

――わたしは、子供たちの命を、未来を守らなければいけない。

このまま、子供たちだけにさせて外出するわけにはいかない。ママ友に預ける方法もあるが、自分が未来に戻ったあとの展開を考えると、安易に頼ってはいけない、と自戒した。

宏美は、日本橋にある夫の会社に電話をかけた。電話番号を書いたノートには、夫の部署の直通番号も控えてある。

「はい、営業部食品原料課です」

若い男性社員らしい声が応対した。

「あの、香川はもう帰ったでしょうか。家族の者ですが」

トーンを上げて、三十代らしい華やいだ声を意識する。

「主任は、ええっと……帰られましたよ」

そうだった、三十七歳で肩書きは主任だったのだ、と夫の決して早すぎはしない出世ぶりを顧みる。会社の規模が大きかっただけに、それはそれで夫婦ともに受け入れていた。

「何時ごろですか?」

「ええっと、十五分くらい前だったかな。もっと前だったか、忘れました」

礼を言って、電話を切る。時計を見る。十五分前に退社したのであれば、八時前には帰宅できるだろう。まっすぐに帰れば、の話だが。それから、子供たちを託して超特急で有楽町に向かえば、啓子たちのデート現場に駆けつけられるだろうか。それまで、自分の体力がもつかどうか……。過去における滞在時間は五時間。一回目のタイムスリップの際は、タイムリミットが近づくにつれ、疲労感が増して、身体が重くなっていったのだった。

「一緒に食べましょう」

覚悟を決めて、子供たちと一緒に夕飯を食べることにした。それならば、と簡単に大根とワカメと豆腐の味噌汁も作る。とにもかくにも、子供たちの習い事のない日でよかった。ケチャップソースで煮込んだ冷凍ハンバーグに、かぼちゃの煮つけに、ご飯と味噌汁。

十九年後から一大決心してタイムスリップしてきたにしては貧弱な献立だが、家族で食卓を囲めば、献立などどうでもいい。

——こういう時間って、過ぎてしまえば短い時間だったのね。

無心に食べている二人の子供を見て、宏美は感極まっていた。ふきんを焦がして泣きべそそをかいたことなど忘れたかのように、雄大はもぐもぐと口を動かしている。子供用の箸を使っている。身体の大きい清志は大人用の長い箸だが、箸の動かし方はまだぎこちない。


——よかった、この子たちが無事に育ってくれて。

未来からやってきた宏美は、当然ながら、中学生、高校生、大学生時代の二人を、そして、成人していま——平成二十六年——に至った二人を知っている。病気をしたり、小さな怪我をしたことはあったけれど、丈夫に健康に育ってくれた。

——ありがとう。

手抜き料理の日もあったけれど、ちゃんと大きく育ってくれた。心の中で感謝しながら、思わず涙ぐんでいたのだろう。

「お母さん、どうしたの？」

いち早く、清志が気づいた。人の心の動きに敏感な子だった。

「何でもない。ちょっと目にゴミが入っちゃって」

玉ねぎを刻んではいないので、玉ねぎでごまかせない。

「大丈夫？」

と、雄大も母親を気遣ってくれたせいで、余計、涙があふれ出てしまった。

「お母さん、泣いてる」

「どうしたの？」

子供たちが困惑したように顔を見合わせたとき、電話の音が宏美を救ってくれた。

「お父さんからかも」

指で涙を拭って、電話に出る。

「宏美」

夫ではなく、啓子からだった。

「あっ、啓子。いまどこ？」

まさに会いたかった相手である。会って、助言したかった相手だ。

「有楽町にいるんだけど」

啓子は、ドイツ料理のレストラン名を口にした。

「寛さんと一緒なんでしょう？」

勢い込んで聞くと、冷えたような沈黙があった。

「違うの？」

「どうして、名前を知ってるの？」

「もう酔ってるのね」

覚という交際相手と、ビールか白ワインでも飲んでいるのだろうか。

「電話で自分で言ったじゃない」

「ああ、そうか。酔ってるのかもしれない」

と、啓子は受けてちょっと笑い、「だって、あんまりびっくりしたものだから」とおかしな言い訳をした。

「びっくりした？」

「会って、いきなり『結婚してくれ』なんだもの」

「やっぱりね」

宏美は大きくうなずいて、「ほら、言ったとおりじゃない」と得意げに言った。

「そう……だっけ？」

求婚されたばかりでのぼせあがっているのか、心ここにあらず、といった感じのちぐはぐな受け答えに、宏美はかすかに違和感を覚えた。

「で、『イエス』って答えたの？」

「自分で自分の気持ちがよくわからないから、こうして宏美に電話したわけで。こういうの、はじめてだから」

「それで、結婚生活の大先輩、わたしの意見を、となったのね」

向こうからかけてきてくれたのだ。デート現場に行けなくなったとしても、こうして電話を通してアドバイスする機会が持てたのだから一歩前進だ、と宏美は思った。

「受けなさいよ」

「どうして？」

「将来、後悔しないように」

「でも、わたし、仕事があるから」

「海外に行ってもできるでしょう？」

口が滑ってしまったので、「その筧さんとかいう人、海外出張の多い人じゃなかった？

電話でそう言ってた気がするけど」と、あわてて言い繕う。

「あ……うん、そうなの。もう海外に転勤になるのが決まってるの」

「いつ？」

「来月」

来月は十二月。それで、わかった。来月にも啓子はタイムスリップすることになっているのだ……いや、時制の表現がちょっとおかしいが、平成二十五年の十二月八日に、啓子はその時点から十八年前にさかのぼり、同日にタイムスリップするのだ。実験ノートにそう記されていた。

「思いきって、ついて行きなさいよ」

「でも、仕事が中途半端なままでは行かれない。いま、大事なプロジェクトが進んでいるところだし」

「もう一生、結婚できないかもしれないよ」

そうよ、啓子、人生は短いのよ。

「どうして？」

なぜ、理由ばかり聞くのか。宏美は、もどかしさに苛立《いらだ》った。

「いますぐに答えなくていいのだったら、時間をもらったら？」

「筧さんは、来月行ったら、半年は帰って来られないって」

その半年間に結婚話が立ち消えになるような何かがあったのか。

「じゃあ、とりあえず、できるだけ早く一度行ってみるとか」

「そうね」

「啓子、筧さんのことが好きなんでしょう？」

返事のかわりに、「もう行かないと。変に思われるから」という言葉で、電話は切られた。

――やっぱり、直接会って、もうひと押ししないと。

啓子の煮えきらない態度に苛立ちを募らせて、「やっぱり、お母さん、行くね」と、宏美は子供たちへ顔を振り向けた。ご飯を食べながら、母親の電話に聞き耳を立てていたのだろう。二人とも不安げな表情でいる。

「お母さんの友達、具合悪いの？」

とりわけ、清志は訝しげに眉根まで寄せて聞いてきた。

「ああ、うん、そうなの」

「嫌だ、行っちゃだめだ」

いきなり、雄大が箸をテーブルに投げ置くと、足をバタバタさせた。

「雄ちゃん、どうして……」

母親の放つ不穏な空気を感じ取ったのだろうか。宏美は、子供たちの思いがけない言動に動揺していた。

玄関チャイムが鳴り、続いてドアノブが動く音がした。

「あっ、お父さんだ。お父さんが帰ってきた」

不安を払拭するように、雄大が椅子から降りて玄関に駆けて行った。

鍵を持っていても、一度はチャイムを鳴らして帰宅を告げ、それから鍵を開けて入る。それが高志の習慣だった。

「ずいぶん早いじゃないの」

宏美は、五十六歳から三十七歳へと急に若返った夫に驚いたが、それを顔に表さないようにして出迎えた。頭髪もまだいっぱいあるし、下腹も出ていない。

「定時に出てきたんだから、この時間だろう。珍しく、だけど」

高志は、苦笑に近い笑みを浮かべて言い返す。

「だって……」

職場の社員が主任の退社時間をうろ憶えだったというのは、夫の存在感の薄さにつながっているのかもしれない。宏美はそう思ったが、口にするのはやめた。

高志は鞄《かばん》を居間のソファに置き、コートを妻に渡す。転居前も転居後も、帰宅時の手順は変わらない。

「あのね、お母さん、友達のところに行くって言ってるよ」

雄大は、父親にまつわりついて告げ口っぽく言う。

「これから？」

高志は、わずかに怪訝《けげん》そうな顔になる。

「ああ、うん、啓子がね……」

どう説明しようか迷っていると、

「病気なんだって」

と、椅子に座ったままの清志がかわりに答える。

「病気？　どうしたんだ」

「熱を出して会社を休んだみたいなの。啓子、一人暮らしだから、困っているだろうと思って」

「こんな時間に？　行くなら昼間行けばいいのに」

と、当然のように持つ疑問を高志は口にする。

「何度か電話したんだけど、『大丈夫だから』って。でも、相当しんどそうだし……」

「もう食べたのか？」

と、高志が食卓を見てから、膝にまつわりついている雄大に視線を移した。

「お父さんも」

と、雄大が甘えた口調で手を引く。

「手洗いうがいをしてからな」

高志は、雄大の手をやさしく振りほどき、廊下に宏美を連れ出すと、「子供たちは大丈夫だから、行けば？」と小声で言った。

「あ……ありがとう」

虚をつかれて、宏美は礼を言った。そうだった、本質的にこの人はやさしくて思いやりのある人だったのだ、と再認識して胸が熱くなった。大声を出して威嚇したり、気に入らないことがあったときに聞こえよがしに舌打ちしたりなど、決してしない夫だった。

「夕飯、冷凍ハンバーグなんだけど」

「ああ、いいよ、昼はそばだったし」

そうか、昔からおそばが好きだったんだ、と夫を再発見したような不思議な気持ちにとらわれる。

「酒の肴《さかな》、作ってないの。ごめんね」

高志は、夕飯のあとに風呂から上がって晩酌をするタイプで、簡単なつまみと一緒に缶ビール一本か焼酎のお湯割りを一杯飲むと決めている。

「柿ピーがあればいいよ」

夫の寛大さに感謝し、宏美は出かける用意をした。父親が帰宅したので、子供たちの精神状態も落ち着いたようだ。ご飯を食べ終えた清志は、弟にも指示しながら汚れた食器を台所に運んでいる。

外出する前に、夫のコートのほこりをブラシで払い、寝室のクローゼットにかける。こういうしぐさも自然に身についている。何げなくコートのポケットに手を入れた宏美は、ハンカチを探り当てた。夫は、たまに汚れたハンカチをポケットに入れっぱなしにする。洗濯しないと、とハンカチを引き出すと、何かがはらりと床に落ちた。小さな紙のようだ。拾い上げると、薄ピンク色のメモ用紙を兼ねた付箋だった。

「丸生食品田中さん　15：30　電話してください。宮下《みやした》」

青いボールペンの丸っこい小さな字で、そう用件が書かれている。それだけなら、よくある社内の伝言ね、で済ませたかもしれない。しかし、二行目に「先日はごちそうさまでした」とあり、文末にピリオドのかわりに赤いハートマークがあったことで、文字どおり宏美のハートは高鳴った。社内の女子社員が外回り中の夫あてにかかってきた電話を受けてのメモらしいが、余計なことまで書かれている。どういう仲なのか。

——平穏で平安な夫婦生活だと思っていたけど、あの当時、子育てや家事やパートに忙しくて、わたしが気づかなかっただけなのではないか。

妻に隠れてしていた浮気の一つや二つ、あったかもしれない。そう思ったら、三十七歳の夫に対してというより、五十六歳の夫に対する生々しい怒りがこみあげてきた。

洗面所から出て、着替えのために寝室にきた外見は三十代の夫に、宏美は付箋を差し出した。

「これ、何?」

目を落として、一瞬、高志はうろたえた表情を見せたが、「メモだよ」と当然というふうに答えた。

「女子社員に何かごちそうしたの?」

「ランチをね」

「おそば?」

「いや、フレンチだけど」

「どうして、メモがこんなところに入ってるの？」

「机にあったのが、どこかにくっついて、ポケットに入ったんだろう」

高志は、着替えながら妻の目を見ずに言った。

「宮下さんって人が、わざと入れたんじゃないの？」

「えっ、何で？」

心底、想定外のことを言われたというふうに、高志は驚いた顔を妻に向けた。

「人の家庭に波風立てるためによ」

そこまで言わせたいのか、と宏美は腹が立った。

「波風立てて、どうするんだよ」

「もう、鈍感な人ね。宮下さんって人、あなたのことが好きなんじゃないの？　だから、こんな余計なことを書いて。ハートまでくっつけて」

「そういう女子社員、珍しくないよ。最近の若い子は、みんな、こんな書き方さ」

あっさりといなされて、宏美はいっそう腹立たしくなった。

「変にやさしいと思ったら、後ろめたかったからなのね」

酒の肴を作っていないことを謝ったりして、何だか損をした気分だ。

「どういう意味だよ」

バカバカしい、と高志は噴き出して、「ぼくだって、たまには女子社員にランチくらいおごるよ」と言葉を継いだ。

「じゃあ、どうして黙っていたの？」

「たいしたことじゃないから、言わなかったんだよ」

「たいしたことじゃないのに、なぜ、彼女はこんなふうに書いたの？」

「それは……知らないよ」

「あなたに隙があるからでしょう？」

「どんな隙だよ」

高志は呆れたような顔をして、「そんなに熱くなるなよ」と肩をすくめた。

「熱くなんて……」

なっていない、と言いかけて、宏美はドキッとした。半分開いたドアの向こう、廊下に清志が立っている。その顔は奇妙なほど赤い。目も充血している。

「熱くなってるのは、清志だよ」

高志も気づいたらしい。夫婦は、同時に長男へと駆け寄った。

「この子、熱があるわ」

清志の額に手を当てて、宏美は言った。夫婦ゲンカをしている場合ではない。

「そういえば、学校でインフルエンザが流行《はや》っているとか」

「そうだよ。お兄ちゃんの学年、学級へーサが何とか、って」

と、雄大もやってきて父親に言い、「プリント、読んだでしょう?」と宏美へと視線を流した。

「インフルエンザ……かしら」

十九年前は、そういう怖いシーズンが早々と訪れた年だったのかもしれない。おぼろげな記憶しかなかったが、「とにかく、熱を測って、今夜は早く休ませましょう」と宏美は言った。急に高熱を出すのも子供の特徴だ。

「雄大にうつさないように気をつけないとな。今日は、部屋を別にしたほうがいいかもしれない」

高志も言った。

啓子の心配をするどころではなくなった。熱を測ったら、三十七度七分あった。和室に布団を敷き、そこに着替えをさせた清志を寝かせた。氷枕に氷をいっぱい詰めて、清志のほてった額に載せる。

「お母さんの友達、大丈夫?」

熱に浮かされながらも、清志は母親の友人を気遣う。

「大人だもの、大丈夫よ。それより、いまはあなたのほうが大事。ひと晩休んで、明日、お医者さんに一緒に行こうね」

「お母さん」

「何？」

「どこにも行かないで」

清志は、腹の底から絞り出すように言う。

「行かないわよ。ずっとここにいるから」

そう微笑《ほほえ》み返すと、清志は小さくうなずいて、安心したように目を閉じた。

わが子の隣に横たわって、宏美も目を閉じた。身体がだるく、まぶたが重くなっていく。

遠い昔、これと似たような日常のひとこまがあった気がするが、この場面はいましか経験できない。かけがえのないひとときだ。

――このまま眠りに落ちて、タイムリミットがやってきて、気がついたら平成二十六年に戻っているんだわ。

薄れゆく意識の中で、宏美はそんなふうに思っていた。

第五章　現実　その2

1

「奥さん、大丈夫ですか？」

川底から男の太い声が、泡と一緒にごぼごぼと立ち上ってくる。

「奥さん、香川さん、香川さん、香川宏美さん」

フルネームで呼ばれた途端、パッと明かりがついたように脳が覚醒し、視野が開けた。

宏美の目の前には、自分と同世代くらいの制服姿の男性がいた。ひと目で警察官だとわかり、戦慄を覚えた。

「ショックが大きかったかもしれませんが、記憶がまだ鮮明なうちに調書をとっておきたいのでね」

——調書？

わたしは、一体、何をしたのだろう。窓のない小部屋にいて、小さな机を挟んで、警察官と向かい合っている。座っているのは、パイプ椅子より少しだけましな硬さの椅子だ。開け放たれたドアの向こうにも並んだ机が見える。制服姿の男性やスーツ姿の男性が行ったりきたりしている。どうやら、ここは夜間の警察署らしい。夜もこんなに人がいることに驚かされたが、それよりも、やはり、なぜ、こんなところにいるのか、のほうが疑問である。いや、その前に、なぜ、こんな場所に戻ってしまったのだろう。さっぱりわからない。熱を出した小五の清志の傍らで、うつらうつらしていたのが記憶にある最後だ。

「大丈夫ですか?」

警察官は、宏美の顔をのぞきこむようにすると、少し顔をほころばせて「眠いですか?」と聞いた。

「あっ、いえ、眠くはありません。でも……」

十九年前から現在に戻ってきたのだ。時差ボケのような症状に襲われている。それで、「ちょっと頭痛が」と、宏美は額にてのひらを当てた。

「無理もないですよ。大事なものを盗《と》られたんですからね」

警察官は、やりきれませんね、というふうに顔をしかめて首を左右に振った。

——盗られた?

少なくとも、自分は加害者ではない、被害者のようだ。タイムスリップ先で自転車同士ぶつかりそうになった怖い体験がよみがえる。誰かを傷つけたり、何かを壊したりしたのではないとわかって、安堵《あんど》の気持ちがこみあげた。

しかし、わたしは何を盗られたのだろう。そもそも、なぜ、警察署にいるのだろう。自分で通報したのか。それとも、外で起きた事件なのか。遅まきながら、宏美は自分の身体《からだ》のあちこちを悟られぬように点検した。手足に痛みはない。怪我《けが》はしていないようだ。いつもと変わった点があるとすれば、やはり、時差ボケに似た頭痛があるところだ。

「あの、何を……」

盗られたのでしょう、と聞こうとしてやめた。そんな質問は、精神状態を疑われてしまう。ふと身のまわりを見て、もしかして、と思い当たる。女性がつねに持ち歩くものがない。

「気をつけないといけませんね。こちらでは、こういうものも勧めているんですがね」

と、警察官は、机の下からサッカーゴールの一部のような緑色のネットを取り上げた。

「自転車の前かごの必需品ですよ。ひったくり防止になります」

そうか、と場違いに、宏美は両手を打ちそうになった。わたしは、自転車に乗っていて、前かごに入れていたバッグをひったくられたのだ。

だけど、なぜ、夜のこんな時間に自転車に乗って外出したのだろう。ふだんは、そんな行動はとらない。日が落ちてからの自転車での外出などはもってのほかだ。それとも、まだ明るい時間帯に外出したのだろうか。磨いた十円玉を凝視する実験を開始したのが夕方の四時半。意識が戻り、十九年前の今日にタイムスリップするのに成功したと判明したのがその十五分後。現在の時刻は、午後九時四十分である。空白の時間は、約五時間。そのあいだの記憶が、前回と同様にすっぽり抜け落ちている。

――タイムスリップ後の意識の抜けた「現在のわたし」は、一体、どういう行動をとったのだろうか。

まさか、警察署にいるとは……。想像もしなかった展開に、宏美は狼狽《ろうばい》していた。

「もう一度お尋ねしますが、バッグには財布と携帯電話――スマホですか、そのほかには高額なものはなかったんですか?」

途中、眠りかけた被害者を気遣ったのか、警察官は確認を繰り返した。

「なかった……と思いますけど」

わたしは何を買いにどこへ行ったのでしょう、と質問したい気持ちを抑えて、宏美は警察官の机の上の書類を見た。そこには、被害に遭った場所と被害金額などがすでに書き込まれている。ひったくりに遭った場所は、いつも利用しているスーパーの手前の交差点付近で、被害金額は「一万六千数百円」とある。財布に入っていたのはそれくらいの金額だった、と思い出した。

「こういうネット、買おうと思っていたところだったんです。わたし、自転車に乗る機会が多いので」

そういう切り込み方で、被害に遭った詳細な状況を知ろうと試みた。

「そうですか。だったら、ぜひとも用意しておいてほしかったですね」

「でも、今日のわたしはちょっとぼんやりしていたみたいで。ふだんは、バッグの紐《ひも》をハンドルに通すなど、それなりに注意しているんですけど」

それは、本当のことだった。

「ああ、それはそれで、危ないんですよ」

警察官は、穏やかに微笑《ほほえ》んで言った。

「強い力でバイクに引きずられることもありますからね。自転車ごと倒されて、大怪我した人もいます。やはり、自転車の前かごの場合は、こういうネットで覆うのが一番です」

前かごに入れておいた財布とスマホの入ったバッグを、バイクの何者かにひったくられた、そういう状況だったことがわかった。

「ほんと、わたしってバカですね。買い物に行く前にひったくられて」

苦笑しながら恥じたように言うと、警察官もそれにつき合って控えめに笑った。それで、もう一つ判明した。買い物をする前の被害だったらしい。もっとも、買い物のあとだとしたら、商品がどこかにあるはずだ。商品ごとひったくられたのでないかぎり。それにしても、何を買いに自転車で出かけたのか。

――わたしの意識が抜け出たあとの「抜け殻のわたし」は、夢遊病者のような状態なのか。

宏美は、もう一人の自分の警戒心の薄さが怖くなった。普通の精神状態ではない、と考えたほうがよさそうだ。

「お母さん、大丈夫？」

戸口にいきなり清志が現れて、宏美は腰を抜かしそうなほど驚いた。

「すみません」

清志は、案内してくれたらしい警察官に礼を言うと、中にいた警察官に一礼して、「すみません、母がご面倒をおかけして。長男の香川清志です」と的確に挨拶した。

「ああ、どうぞ」と、警察官が清志に椅子を勧める。清志は、宏美の斜め前に座った。

「どうしてここに？」

思わずそう聞いてしまったら、

「何言ってるんだよ。電話をいただいたじゃないか。雄大から先に電話があってさ」

清志は怒ったように答えると、「身体は大丈夫なの？　怪我はないの？」と、やや口調を和らげた。

大丈夫、という意味で、宏美はゆるゆると首を振った。

「息子さん、お母さんは、精神的にだいぶ動揺されているようです。さきほども、調書中に眠りかけてしまって。ああ、そういうことは珍しくないんです。被害に遭われても、怪我がなかったことでホッとして緊張が緩んで、というケースもありますから。多少、記憶が混濁されていても、それは不思議ではないことでして」

警察官は、母親の落ち度を息子があまり責めないように、と言葉を選ぶ配慮をしてくれている。

「それで、ひったくったバイクの男というのは、警察が追ってくれているんですか?」

母親に怪我がないとわかると、清志は警察官に視線を向けた。

「全力を挙げて容疑者を捜しています。目撃者を当たってもいます」

「ナンバーは見なかったの?」

清志の視線が戻ってきて、宏美はうろたえた。何のナンバーだろう、などと混乱した頭で思う。

「それは無理ですよ。夜でしたし、暗かったですからね。偽造ナンバーの可能性も高いですし」

と、宏美を擁護するように、警察官がかわりに答えた。

2

台所に立つ息子を見るのはどれくらいぶりだろう、と宏美は目を細めて長身の息子の動きを見ていた。「何か温かい飲み物をいれるわね」と、台所に行こうとした母親を、「ぼくがするから座ってろよ」と、清志が引き止めたのだった。

――わたしがひったくりに遭ったことで、頑《かたく》なだったあの子の心がほぐれるなんて……。ただ待っていればいい、と言った母親の言葉は当たっていた。しかし、そうは思うものの、割りきれなさは払拭できずにいる。

――これも、あの実験の代償の一つではないのか。

そういう疑問が心の底に積み重なっていく。タイムスリップという多大なるエネルギーを要する現象と引き換えに、戻った現実の世界では予期せぬできごとが起こる。しかも、よくないできごとが。

最初は、父の死だった。同時に、清志とのあいだに軋轢《あつれき》が生じた。

二度目の今回は、ひったくりという刑事事件に自分――意識が抜け出たあとの――が巻き込まれた。よいこともあったとすれば、清志との不仲が解消されつつあることだが、ひったくり程度で済んだからよかったようなものの、相手が刃物を持っていたり、意識が抜け出たあとの「抜け殻の香川宏美」が抵抗したりしていたら、もっと大きな傷害事件にまで発展していたかもしれない。

「どうぞ」

鎮静作用があると言われているカモミールティーをいれて、清志がダイニングテーブルに運んできた。

「ありがとう」

息子がいれてくれた温かい飲み物が身体の中を下っていく。目頭まで熱くなって、宏美は指で押さえた。

「とにかく、無事でよかったよ。怪我がなくて」

改めて言って、清志がため息をついた。

「ごめんなさいね。あなたたちの番号が全部入ってるスマホを盗まれたから、みんなに迷惑かけちゃって」

「仕方ないさ。それはもう気にするなよ」

清志は肩をすくめて、小さく微笑んだ。宏美は、安堵のため息をついた。警察署に駆けつけたのが雄大だったら、もっときつい言葉で責められたに違いない。やさしい長男のほうでよかった。

「自転車はあとで引き取りに行くとして、とにかく、今日のところは帰ろう」

清志はそう言って、警察署から自宅まで車で送ってくれたのだった。その帰り道、息子にいろんな形の質問を向けることによって、宏美は記憶が戻るまでのいきさつを知ったのである。

それによると——。

まず、午後七時半ごろに、出張先の札幌から雄大が自宅に電話をかけた。急ぎの用事があったわけではなく、取引先との会食中、雑談の中で子供時代の予防接種の話題が出て、自分の場合を知りたくなったから、というつまらぬ理由だった。電話に出た母親について、雄大は〈声の調子がおかしい〉と直感したという。呂律《ろれつ》が回らないというか、うわのそらというか、とにかく尋常ではない状態だと感じたらしい。「誰かそこにいるの？」と聞いたら、「ううん」と答えた直後に、「いるみたいな気もする」と母親は言い直した。受け答えの奇妙さと呂律の回らなさから、雄大は、昨年職場で倒れた上司を連想したという。上司はくも膜下出血で倒れ、入院した。いまだに職場復帰していない。母親の様子が心配になった雄大は、電話を切ってから、「お母さんが少し変だから見に行ってくれないか」と、都内にいる兄に電話で頼んだ。清志はすぐに自宅に電話したが、母親は電話に出ない。携帯電話にかけても出ない。清志はしばらく迷ったが、やはり心配になって、車で自宅へ向かった。自宅に着いた直後に、母親から自分の携帯電話に「いま、警察署にいるの」とかかってきた。「どうしたの？　何かあったの？」と、不安になってたたみかけた清志に、「いま、お母さんは取り乱しておられますので、自分がお話しします。こちらから、ご家族に電話するように指示させていただいたんです。ご家族の方がそばにいてくだされば、お母さんも落ち着かれるでしょうから」と、電話をかわった警察官が被害状況を伝えた。びっくりした清志は、「すぐにそちらに向かいます」と言って、車を飛ばして警察署に駆けつけたのだった……。

「それにしても、驚いたよな」

清志もカモミールティーに口をつけて、もうごめんだよ、というふうに頭を振りながら言った。自宅に帰ってからすぐに雄大に電話で報告したのも、宏美ではなく清志だった。母親の精神状態が不安定なことを気遣っているのだろう。「お父さんにも連絡する？」と聞かれて、「余計な心配かけたくないわ。もう少し時間がたってから報告する」と答えておいた。財布に入っていたデパート系のクレジットカードもすぐに使用できないようにしたほうがいい、と控えておいたメモに電話をかけるなどの手続きを迅速に行なってくれたのも息子だった。

「暗くなってからの自転車は危ないよ。で、スーパーに何を買いに行ったの？」

「それが……わからないのよ」

記憶にないのだから、そうとしか言えない。いちおう冷蔵庫を開けて確認してみたが、牛乳も卵も切らしていない。十円玉を見つめる実験を開始する前の自分を顧みても、買い物熱にとりつかれていたような記憶はよみがえらない。

「やっぱりね」

すると、清志は、さらに大きなため息をついて、「雄大が言ってたとおりかもしれない。お母さん、脳ドックにかかったほうがいいよ」と身を乗り出した。

「脳ドック？」

大げさすぎる。しかし、息子たちに思い当たる原因を話すわけにはいかない。話したところで、信じてもらえるとも思えない。

「ぼくもよくわからないけど、脳に血の塊なのか、こぶみたいなものができていることがあって、それが破裂すると怖いらしいよ。話す言葉がはっきりしなくなったり、頭が痛くなったりするのが前兆だとか。それから、若年性アルツハイマーって可能性もある。五十代でも発症する場合はあるみたいだし。忘れっぽくなったり、記憶が混乱したり。お母さんも、一度、医者にかかってみたほうがいいんじゃないかな」

「そうね。わかった。そうする」

ここは、うそでもそう言って、家族を安心させておいたほうがいい。

「心当たりの医者はいる？」

「えっ？　ああ、うん」

清志は、母親が素直に勧めに従ってくれて、ホッとしたような表情を見せた直後、「やっぱり、一人でいるせいかな。刺激が少なすぎるのかもしれない」と、やや顔を曇らせて部屋を見回した。

「パートにも行ってるし、趣味の裂き織りもやってるし、刺激が少なすぎるってことはないわよ」

少しムッとして、宏美は言い返した。「赴任先のお父さんのところへ行けよ」とか、「ここで一緒にぼくが住もうか」などと、おかしな提案をされてはたまらない。せっかく子育てを終え、夫の毎日の食事作りからも解放されて、さあ、これから、というときなのに。夫の定年までの何年かをのびのびと過ごしたい。

——でも、おかしなものね。つい何時間か前には、子育てに夢中だった自分に還っていたのに。

まだタイムスリップしたときの小五の清志の面影が、脳裏に鮮明に焼きついている。それが、十九年後のいま——現在に戻ったら、三十歳の息子を前に、〈こんな図体の大きな息子に家に戻られたら困る〉などと厄介者扱いしている。タイムスリップして結婚話を破談にし、独り身のそれまでの息子に戻ったとわかった途端、安心しきってしまっているのだ。われながら勝手なものだ、と思って、笑いたい気分になったのだ。

「どうしたの？　思い出し笑いみたいにして」

母親の口元の笑みに気づいたのだろう、清志が眉をひそめて言った。

「ねえ、清志。あなた、小学生のとき、インフルエンザで寝込んだことがあったかしら」

小学校か中学校で一度、高熱を出して学校を休ませた記憶はあるのだが、それがいつだったのか、風邪だったのか、インフルエンザだったのか、長男だったのか、次男のほうだったのか、よく憶《おぼ》えていない。子育て中は一生懸命でも、その時期が過ぎてしまえば、きれいに忘れ去る記憶もある。

「あったと思うよ。でも、インフルエンザじゃなかったかもしれない。ただの風邪で寝込んで、お母さんがみかんゼリーを食べさせてくれた。それから、青いカップのバニラアイスクリームを買ってきてくれた。あのときのアイスはうまかったよな。インフルエンザで休んだのは、雄大じゃなかったかな」

「そう」

子供のほうがよく憶えているのね、と宏美は清志の記憶力に感心した。みかんゼリーに青いカップのバニラアイスクリーム。母親である自分は、食べさせたものまでは憶えていない。

「そういえば、雄大は、突然熱を出したりしたよね」

清志が肩をすくめて言い、自分こそ思い出し笑いみたいなものを浮かべた。

「そうだったわね」

そういえばそうね、と宏美も思い出した。

――じゃあ、タイムスリップ先で、突然熱を出した清志は、例外的なケースだったのか。あれは、母親を外出させないための無意識の発熱だったのでは？　そう思ったら、すべてが天の配剤のような気もしてきた。あのとき、宏美は、啓子のデート現場へ行こうとしていた。啓子に会って「プロポーズを受けたら？」と勧めていたら、それは、歴史的な事実――史実を変えたことになるのではないか。それを阻止するための発熱だった？

しかし、まだ史実が変わったか否かを確認してはいない。

胸をつかれた宏美は、席を立った。台所へ行き、流しの下の扉を開ける。そこには、「魔法の梅酢」が入った瓶があった。

席に戻り、「お母さんの小中学校時代の親友の啓子さんがね」と、清志に切り出してみると、「ああ、あの亡くなった人？」と、即座に反応が返ってきた。それで、〈やっぱり、そうか。啓子が死んだ事実は変わっていないんだ〉と、宏美は納得した。

今回は、史実は変わっていない。タイムスリップ先で、啓子にプロポーズを受け入れるように、と電話で勧めたが、彼女はその勧めに従わなかったということだ。啓子は結婚しないままに、病にかかって人生を終えた。そういうことだろう。

「その人がどうしたの？」

いきなり中座したり、親友の名前を口にしたまま、先を続けない母親の言動を怪しんで、清志が尋ねた。

「最近、ときどき思うのよ。明日、何の前ぶれもなく人生が終わってしまうんじゃないか、ってね。人生一寸先は闇。本当にそのとおりだな、と思ってね」

「何だよ、急に哲学的になって。だからさ、ちゃんと脳ドックにかかって、いろんなところを検査して、せいぜい健康に長生きしてくれよね」

清志は、唐突に切り出された母親の話題をうまくそこへつなげると、「家族のためにさ」と言い添えた。

「本当にそうね」

心から同感して、宏美もうなずいた。脳ドックはともかく、それ以外の検査の必要性は年齢的に痛感している。市から通知がきた子宮がん検診や乳がん検診は受けたが、それ以外の検査は怠っているからだ。

親子の会話が途切れた。清志のティーカップはもう空になっている。

「ごめんなさいね」

そこで、宏美はようやく謝罪の言葉を口にした。

「何が？」

気恥ずかしさからか、清志はとぼけた。

「早苗さんのこと、ごめんなさいね」

「えっ？　あ、ああ……何だ、そのこと」

清志は首を突き出すと、苦笑のようなものを口元に浮かべた。

「いいんだよ、あれはあれで……。何もしなくても、そうなっていたと思うし」

「その後、何かあったの？」

「ああ、いや、彼女、もうつき合ってる人がいるみたいだから。ぼくとは縁のなかった人だったと思うよ」

それ以上、深く聞かないほうがいい雰囲気と、聞いても本人も知らなそうな雰囲気を感じ取ったので、早苗の話題は終わりにした。

「そう」

「それで、いまはどうなの？　誰かいるの？」

「いないわけじゃないけどね。そういう時期がきたら、ちゃんと紹介するよ」

もう女性には懲りた、という言葉が返ってこなかっただけでも、宏美は安心した。

「もしかしたら、雄大のほうが早いかもしれないけどね。あいつ、つき合っている人がいるみたいだし。でも、それは、本人の口から言うことだしさ。ああ、ぼくが言ったたって黙っててね」

「わかったわ。じゃあ、あなたも、おばあちゃんには黙っててちょうだいね。お母さんがひったくりに遭ったことを」

七十八歳の母親に「娘の頭がちょっとおかしいこと」で心配をかけてはまずい。

「うん、わかった」

今日は実家に泊まって、明日の朝早くに車で出勤すると決めた清志は、「じゃあ、風呂に入るからね」と、席を立つと大きく伸びをした。

「ねえ、清志、お財布に十円玉ある？」

一段と大きく見える息子に、宏美は聞いた。ひったくられたバッグには小銭入れも入っていた。

「あるけど、何？」

「平成七年の十円玉は持ってる？」

「平成七年って、製造された年？」

怪訝《けげん》そうな顔をしながらも、清志はジーンズのポケットから黒革の財布を取り出して、中をあらためる。いくつか硬貨を取り出して、ためつすがめつしていたが、「ないな」とぽつりと答えた。

「十円玉がどうかしたの？　平成七年のやつが特別に価値があるとか？」

「そうじゃないの。別に、たいしたことじゃないの。何となく、平成七年のがわたしを守ってくれそうな気がしてね」

前回は、自宅からは平成七年製造の十円硬貨が見つからず、銀行で何度か両替えした末にゲットしたのだった。

「お守りみたいにして、つねに身につけているつもりとか？」

清志は呆《あき》れたような表情になると、「やっぱり、お母さん、脳ドック、ちゃんと受けてね。で、結果も報告してよね。心配だからさ」と、ゆっくりとした口調で念を押した。

3

平成七年製造の十円玉は、ひょんなところから入手できた。

二日後、パート先に子連れでやってきた永井絵里の小銭入れから、偶然見つかったのだった。

「どうして、その十円玉なの？」

自分の手持ちの十円玉とそれとを交換してもらうと、母親に手を引かれてきた幼稚園児のユキちゃんは、不思議そうに十円玉と宏美の顔を交互に見た。

「平成七年に特別な思い入れがあってね。持っていると、いいことがありそうな気がして」

「へーセーって？」

四歳のユキちゃんは、可愛《かわい》らしく小首をかしげる。

「そこから説明するのか」

母親の永井絵里は笑って、「ユキは平成生まれって、知ってるでしょう？　平成二十二年生まれ。お姉ちゃんのミクも平成生まれだよ」と、やさしく説明した。

「ふーん、ママも？」

「ううん、ママたちは昭和生まれ。香川さんも」

「ふーん、香川のおばちゃんも」

わかったのかわからないのか、小首をかしげたまま、ユキちゃんは母親の顔を見上げた。

「絵里さん、今日は子連れ配達？」

ユキちゃんのキャラクターが描かれたバッグには、宏美がプレゼントした裂き織りの赤いリボンがつけられている。そのリボンを揺すりながら聞くと、

「そうなんです。今日は、預かり保育じゃなくて。本当は、保育園に入れたいんだけど、なかなかかね」

永井絵里は顔をしかめた。保育園の空きがなくて預けられない、という話は以前に聞いていた。

「でも、いいじゃない。子供にとっても、お弁当の配達は社会勉強になるかもよ。いろんな家庭が見られるから」

そんな言葉で励ますと、

「そうですよね。わたしもそう思って、この仕事を続けています」

と、永井絵里は弾んだ声で受けた。いつも明るく前向きな姿勢でいるところが彼女の魅力だ、と宏美は思っている。彼女にはパワーがある。

「で、本当はどうしてなんですか？　もしかして、平成七年の十円玉に、希少価値があるとか？」

永井絵里は、宏美に顔を寄せて聞いてきた。

「本当に何でもないのよ。わたしにとってだけ価値ある十円玉なの。おまじないのようなものかしら」

いたずらっぽく笑ってみせると、

「そういうことにしておきます」

と、永井絵里も笑って引き下がり、配達の準備に取りかかった。

宏美は、調理補助から食器洗いの作業に移り、手を動かしながら、〈チャンスはあと一回あるわ〉と考えていた。啓子の実験ノートによれば、ラストのタイムスリップは、十二月八日。おそらく、彼女に結婚を申し込んだ筧が海外に旅立つ日なのだろう。昨年のその日、まだ存命だった啓子は、その時点から十八年前の十二月八日に戻り、旅立つ前の筧に何か言葉をかけたかったのかもしれない。あるいは、何かを渡したかったのか。

「おはようございます。あら、香川さん。大丈夫？　ひったくりに遭ったんですって？」

出勤してきた洗い場担当の南が、宏美を見るなり頓狂な声を上げた。

「ああ、おはようございます。それは……」

スーパーの付近で起きたひったくり事件である。目撃していた誰かの口から広まったのだろう。

「えっ、そうなんですか？」

ワゴン車への一回目の弁当の運搬を終えて、引き返してきた永井絵里も声をうわずらせた。

「ぼんやりしててね、自転車の前かごからバッグをひったくられて。盗られたのは、お財布とスマホくらいだったんだけど」

「お財布とスマホって、大事なものじゃないですか。大変ですよ」

永井絵里の丸っこい目がさらに丸くなった。母親の驚きぶりに、「ねえ、ひったくりって何?」と、ユキちゃんはつないでいた手を強く引く。

職場の電話が鳴って、宏美は被害の状況を伝える煩雑さから逃れられた。

「そちらに香川宏美さんはおられますか?」

警察署からで、調書を担当した柿崎《かきざき》という警察官だった。彼には連絡先として、自宅のほかにパート先の電話番号を伝えてあった。

「香川さんのものと思われるバッグが川口市内で見つかりましてね。携帯電話——スマホですか、それと、黄色いお財布も入ったままです。ただし、札は抜き取られていますけどね。いまから来られますか?」

「すぐ行きます」

はやる気持ちを抑えて、宏美は言った。

4

思ったより早く警察署から解放された宏美は、まっすぐに自宅に帰った。その場で、自分のものかどうかを警察官と一緒に確認し、書類を書かされた。バッグごと返してもらえるかと思ったが、指紋を採取したりなどの作業が残っていると言われ、返されたのは携帯電話と財布に入っていたカード類だけだった。携帯電話もいちおうその場で、データに手が加えられていないかどうかの確認をさせられたが、見たかぎりでは、何の変化もないようだった。「事務的な手続きなので、あとで破棄します」と、専門の警察官に両手の指紋を採取されたときは、少し戸惑いを覚えた。

「これは、非常にラッキーなケースですよ」

と、柿崎にはおかしな慰め方をされた。

「財布から金だけ盗って、あとはそのまま道路の側溝に投げ捨てた形ですからね。それも、側溝には水がたまっていなかったし、雨も降らなかったから、割合きれいな形で発見されました。見つけた人が、落とし物だと思って届けてくれたんです。中には、『これっぽっちの金か』と、腹いせに携帯電話をメチャクチャに壊したり、財布を発見されないようなドブに捨てたりするやつもいますからね」

——そうか、わたしは運がよかったんだ。

これは、タイムスリップ後のよいほうの代償、と考えていいのかもしれない。宏美は、そう受け取ることにした。一万六千円という被害額は、パート主婦にとっては少なくはない額だが、データが残ったままの携帯電話が戻ってきたことを考えれば、柿崎が言うようにラッキーだったのかもしれない。

——じゃあ、次は……。

居間のカレンダーを見て、宏美は大きなため息をついた。来月の八日。正確には、七日から八日にかけての実験である。実験を行なうべきか否か。十九年前の十二月八日に戻って、啓子にもう一度人生をやり直すチャンスを与えてあげたい、という強い気持ちは残っている。愛する人との結婚生活も経験しないままに、病を得て、志半ばに人生を終えた啓子である。

——人生は一度きりじゃない。人生は二度ある。

それを彼女に教えてあげたいし、過去に戻ってそこから違う人生をスタートさせることで、彼女の未来の要素を変える可能性に賭けてみたい。誰かとともに人生を歩むことで、彼女の新しい二度目の人生からは「病」の二文字が消え去るかもしれない。

しかし、何かが宏美の頭に引っかかっている。タイムスリップしたときに啓子と会話をしたのは二回。二回目の電話での啓子の声の調子は、どこか変だった。かみ合わないやり取りがあった。

──あれは、何だったのだろうか……。

深く考えようとすると、頭痛に襲われる。宏美は、キャビネットから実験ノートを取り出してきて、ダイニングテーブルに広げた。自分が試みたタイムスリップの実験は、二回。その二回の実験結果の違いを分析しよう、と思い立ったのだ。

一回目。清志の結婚話を壊すためのタイムスリップ。目的を果たして、過去から現在に戻ったときに、宏美は、タイムスリップ滞在時間の五時間だけではなく、清志が結婚しなかった、修正された一年分の記憶をすべて失っていた。

そして、二回目の今回は、タイムスリップ滞在時間の約五時間の記憶のみを失っていた。

その二回の実験の違いは何か。前回は、「清志と早苗の結婚生活」という歴史的な事実をなかったことにし、史実を塗り替えた形だったが、今回は、啓子に電話をかけはしたものの、彼女を翻意させるまでには至らなかった。すなわち、啓子が寛のプロポーズを受けないという史実は変わらなかったわけで、史実を塗り替えたりはしなかったということだ。

──それだけの違い？

しかし、史実を塗り替えるといえば、啓子に電話をしたことも、啓子から電話があったことも本来の史実からははずれているわけで、小さくとも塗り替えたことに変わりはない。それとも、内容の大小によって、結果に違いが生じるのだろうか。

「わからない」

苛立《いらだ》ちや焦燥を振り払うように、宏美は声に出した。タイムスリップを引き起こすこの実験に何らかのルールがあるとすれば、それはどんなルールなのか。わからない。二回だけの実験で知ろうとするのは、データが乏しすぎて無謀なのだろうか。

――だったら、やっぱり、もう一回？

挑戦したい気持ちは胸にあふれている。だが、怖くもある。実験には負の代償が伴う、と過去二回の実験が知らせている気がするからだ。三回目の実験のあとに何が起こるのか……。想像すると足がすくむ。

カウンターの上の固定電話が鳴り、宏美の胸は脈打った。「ひったくり犯が自宅の番号を控えたおそれもあります。気をつけてください」と、柿崎に言われている。

「ああ、ぼくだけど」

しかし、電話をかけてきたのは高志だった。

「今週、帰るでしょう？」

壁のカレンダーに視線を流して、宏美は受けた。夫が赴任先から帰る週末には赤い丸印をつけてある。

「うん、そのつもりだけど」

夫の口調が重たい。もしかして、と思い当たって、宏美は覚悟を決めた。ひったくり事件について、すでに息子たちから報告がいっているのかもしれない。「バッグが発見されたの」という報告は清志には電話でしておいたが、夫にはまだひったくりに遭ったことすら伝えていなかったのだ。「お母さんから伝えるからね」と清志には言い置いたつもりだが、あんな不安定な状態の母親に任せてはおけない、と自発的に先に電話をかけたのかもしれないし、あるいは、「お母さんの頭がちょっとおかしいんだよ」と父親に言いつけたのかもしれない。

「引っかかっちゃってさ」

ところが、こちらから「ひったくり」という言葉を出す前に、高志が微妙な表現を口にした。

「何に？」

「健康診断でさ」

心臓の鼓動が速まった。検査に引っかかる。年齢的にそれしか考えられない。

「胃の項目で引っかかった。悪性の疑いもあるらしい。精密検査しないとならない。まあ、何でもないと思うけどね」

明るい声を出そうと無理している様子が伝わってくる。

「大丈夫……よね？」

精密検査を受けてみるまでは本人もわからないのに、そう念を押したくなる。

「まあ、大丈夫だろう。だから、今週末はこっちにいるよ」

最後のほうの声が裏返った。本人も不安を隠せないでいる。

——これだったのか。

結果を知らせてね、と冷静な口調を心がけて返し、電話を切ると、宏美はため息をついた。

——夫の身体に異変があったら……。

不安が増大して胸を圧迫する。親友の啓子のように、かけがえのない存在の夫までも奪われてしまう？　もしかしてあんな実験を二度も試みたわたしのせいで？

その夜、宏美は一睡もできなかった。

第六章　過去　その2

1

　胃の検査で引っかかった高志は、精密検査を受けるが、結果が出るのは十二月に入ってからだという。

「そんなこんなで落ち着かないし、一件、会合も入ったから今週はこっちにいるけど、二十八日の金曜日には帰るよ」

　翌日の夜、改めて夫が電話をかけてきたとき、不安な気持ちも手伝って、宏美は、「結果が出るまで、どうしてそんなに時間がかかるの？」と、夫を責めるような口調で言い返してしまった。

「担当医の都合もあるし、それだけ検査がいっぱい詰まっているんだろう」

「もっと早く検査できる病院はないの？」

「会社で指定されているんだから、仕方ないじゃないか」

「セカンドオピニオンだってあるでしょう?」

「それは、結果が出たときに言うことだろう。とにかく、指定されたところで検査を受けるのが先だよ」

「もう、何もかも遅いんだから」

「遅いって、何だよ」

そんなつまらぬやり取りをして、やさしい言葉もかけられぬままに電話を切ったから、あと味はひどく悪かった。

――夫が検査に引っかかったのは、わたしのせいではないか。

そういう罪悪感にさいなまれている。それを跳ね返したくて、つい夫にきつく当たってしまったが、本当にそうなのか、タイムスリップの実験とそのあとに起きる事象に明確な因果関係があるのか、という疑問も宏美の中で頭をもたげ始めていた。

久しぶりに、寝る前のひとときを裂き織りの時間にしよう、少しは気分も落ち着くだろう、とダイニングテーブルに広げた道具一式を、宏美は片づけた。そこに、先日永井絵里に交換してもらった平成七年製造の十円硬貨を置いた。しばらく十円玉を見つめていたが、台所に行くと、流しの下から「魔法の梅酢」の入った瓶を持って戻った。

永井絵里に交換してもらった十円玉は、ひどく黒ずんでいる。何十人、何百人もの手を渡ってきた十円玉なのだろう。「魔法の梅酢」を用いて、計量カップで決められた分量の溶液を作り、その中にこの黒ずんだ十円玉を今夜から明日にかけて五時間浸せば、ぴかぴかになるはずだ。それを一心不乱に見つめ続ければ、平成七年の明日に戻れる。

——そんな恐ろしくも絶大な力があるのなら……。

二度の実験で「魔法の梅酢」は10cc使ったことになる。残りは、190cc前後というところか。正確な残量がわからない。別の容器に移して測ってみるべきかとも考えたが、実験ノートに書かれた内容以外の作業をすれば、それだけ「魔法の梅酢」を余計に動かさなければいけない。手を加えることで、「魔法の梅酢」の効力が失われてしまうのではないか。そんなふうに想像すると、行動を起こすのを躊躇《ちゅうちょ》してしまう。

——啓子もやっぱり、怖かったのではないかしら。

世界ではじめての実験に挑んだ一年二か月に及ぶ日々。啓子は仕事をしながら、それらの日々をどう送っていたのだろう。親友の心理に思いを馳《は》せたら、怖がってばかりもいられない、と奮起する気持ちが宏美の体内にもわいてきた。すでに二度、実験を行なっているのである。啓子もまったくはじめての実験に挑んだわけだが、宏美自身も直面する現象はまったくはじめてという点で同じである。

「やってみなければわからない」

自らを鼓舞するために、宏美は言葉にしてみた。

——試行錯誤を重ねながら、日々実験を続けるうちに、研究開発には「ひらめき」が不可欠だと気づいたのです。

——要するに、偶然なのです。偶然の産物。

啓子の手紙に書かれていたそれらの言葉が脳裏を巡る。ひらめきが大切だと、啓子も言っている。ひらめきから偶然が生まれる。

——それならば……。

自分のひらめき——思いつきを試すために、宏美は食器棚から小さめのワイングラスを取り出した。瓶の蓋を開け、ほんのわずかな分量の「魔法の梅酢」をグラスに注ぐ。目分量で5cc。

——これを飲めば、高志さんの身体《からだ》は大丈夫。検査の結果、何も悪い病気は見つからない。絶対に大丈夫。

どうして、そんな「ひらめき」というか「思いつき」にとらわれたのか、わからない。おまじないのようなものかもしれない。とにかく、「魔法の梅酢」であるならば、十円玉をきれいにする以外にも効力を発揮する場があるだろう、と思えたのである。そして、このままストレートで飲むのが一番いい方法では、とひらめいたのだった。

まずは、グラスを鼻に近づけて匂いを嗅いでみる。かびくさい、と直感的に思った。かびに酸が混じった、腐臭に通じる饐《す》えたような匂いだ。

これを飲むには勇気がいる。何しろ、啓子の祖母の代からの梅酢なのである。グラスを天井の照明にかざしてみて、色味を観察する。「赤い」というより「赤黒い」に近い色合いだ。わずかに底に澱《おり》がたまっているのは、渋みの強い赤ワインと似ている。梅干しの残《ざん》滓《し》だろう。

赤ワインは嫌いではない。赤ワインと思えば、飲めないことはない。だが、問題は匂いだ。鼻をつまんで匂いを嗅がないようにし、宏美はグラスを傾けた。顔を上に向けて、一気に喉に流し込む。

喉の粘膜が焼けつくように熱くなり、宏美は台所に駆け込んだ。酸の刺激が強すぎる。とても飲めたものではない。だが、吐き捨てるのももったいない。貴重な「魔法の梅酢」なのだ。急いでコップに水を汲《く》むと、梅酢を水で薄めて胃に流し込む。

酸の刺激が涙まで誘った。洗面所で顔を洗って、うがいを何度も繰り返した。

自分の身体に変化があるのではないか、と翌日まで不安な気持ちで過ごしたが、とくにお腹《なか》をくだすこともなく、頭痛が起きることもなく、体調の変化は見られなかった。

2

傍から見たら、変てこな新興宗教に染まった人間と思われたかもしれない。それから、夫が大阪から帰宅するまでの毎日を、宏美は、仏壇に「魔法の梅酢」の入った瓶を供えて拝む朝からスタートさせ、同じようにして仏壇の前で手を合わせる夜で締めくくった。

一種の神頼みであり、お百度参りのようなものかもしれない。自分の身体に関しても何もしなかったわけではない。息子たちに頻繁に来られて、口出しをされては困るので、脳ドックにもちゃんとかかった。「頭痛がひどい」と頭痛外来を設けている個人クリニックに行って、脳MRI検査というのをしてもらった。予約はしたものの、画像説明による検査結果はその場で得られたので、「十二月に入ってからでないと結果が出ない」という夫の言葉への釈然としない思いが募った。医療機関を自分で選ぶ努力をすれば、検査までにさほど時間を要さないところや検査結果が出るまでの時間が短いところは探せるはずだ。

そして、宏美の検査の結果は、「異常なし」だった。検査費用は約三万円。ひったくられた被害額を加えて、総額約五万円。予定外の出費ではあったが、何もないとわかれば安心だ。二度のタイムスリップによって脳に何かしらのダメージを受けているかも、という不安が払拭された形にもなった。

もう一つの新たなできごとは、警察署からひったくられたバッグと財布が戻されたことだった。ただし、完璧な形では戻らなかった。指紋を検出するための液体が塗られたせいで、バッグや財布が変色しており、使えそうにない。

夫が帰宅する日まで、宏美は、外では普通にふるまった。パートに行き、普通に手を動かして働き、普通にパート仲間とおしゃべりし、それから買い物に行ったりした。自転車にも乗ったが、それまでと違っていたのは、前かごにネットを取りつけて防犯意識を高めた点だった。

そして、家では、空いた時間に趣味の裂き織りに興じながらも、頭の片隅ではつねに仏壇に供えた瓶の「魔法の梅酢」を意識していた。もちろん、家を留守にするあいだは、子供たちが突然訪ねて来る可能性を考慮して、瓶は流しの下に隠しておいた。

十一月二十八日の金曜日。高志が自宅に着いたのは、夜の十時過ぎだった。

「ビール飲む？」

風呂から上がった夫に、宏美は聞いた。里芋の煮っころがしが冷蔵庫に残っている。あと一品くらい、簡単な酒の肴《さかな》はすぐに作れる。

「いや、今日はいいよ」

しかし、高志は、渋面でかぶりを振った。

「そんな気になれない？」

「ああ……胃だからね」

「何か自覚症状はあるの？」

「いや、別に」

胃のあたりを押さえて、高志はまた頭を振る。

「だけど、何の自覚症状もなくて胃にがんが見つかった、ってケースもよく聞くしな」

——お願いしたんだから、大丈夫よ。

仏壇が置かれた和室へと視線を投げて、宏美は心の中でつぶやいた。

「じゃあ、わたしもお風呂に入るから」

「ああ、うん。あのさ……」

何か言いかけた高志は、妻が「何？」と振り返ると、「いや、別にいいんだ」と、手を振って口を閉ざした。

不安な胸のうちを語ろうとしたのだろうか、と推察しながら風呂に入り、パジャマに着替えて居間に戻った宏美は、流しの前にかがみこんでいる夫を見て仰天した。

夫の足下の床には、流しの下に収納されていた漬物用の容器やカセットコンロやホットプレートなどが並べられていて、夫はまさに、「魔法の梅酢」の入った瓶の蓋を開けたところだった。

「何してるの？」

「これ、何かな、と思って」

「触らないで！」

妻にぴしゃりと叩《たた》きつけるように言われて、高志は身体を硬直させた。

「何だよ」

高志は、瓶を持ったまま立ち上がったが、妻のほうを見ながら調理台に置こうとしたので、手元に狂いが生じた。

蓋が緩まった瓶が倒れた。中の赤黒い液体がステンレス板にこぼれ出る。悲鳴に近い声を上げて、宏美は駆け寄った。急いで瓶を起こしたが、中身の大半が調理台から流しへと伝わり落ちてしまった。

「触らないで、って言ったでしょう？」

恨みがましい目を向けたのだろう。高志は、あっけにとられた表情であとずさりをした。

「それ、何なんだよ。腐って……いるのかと思ってさ。ずいぶん古そうだし」

「大事なものなの。わかるでしょう？」

底にわずかに液体が残っているのを確認して、宏美は瓶を胸に抱えた。かろうじて残ったのは、実験に必要な二回分くらいだろうか。10ccをほんの少し上回る程度の量。もう絶対に離さない、何があっても誰にも渡さない、ときつく胸に抱き締める。

「わかるわけないだろう」

高志は、妻の態度に恐れをなしたようにまた頭を振る。

「どうしてくれるのよ。こんなにこぼれちゃって」

流しに渦巻く赤黒い液体を見ていたら、涙があふれてきた。

「啓子の大事な形見なのよ」

「あの亡くなった友達の？」

高志は、ばつが悪そうに肩をすくめてから、「そんなに大事なものなら、冷蔵庫にでも入れとけばよかったじゃないか」と、少しひるんだような口調ながらも言い返した。

「そういうものじゃないのよ」

「飲んだりするんじゃないよな」

「だから、飲むとか飲まないとかじゃなくて、啓子からもらった大事なものなの」

いざとなったら、あなたを救う奥の手になったかもしれないのに、と宏美は粗相をした夫を睨《にら》みつけた。もし、万が一、検査結果が悪かった場合、たとえば、「ステージが進みすぎています。もう少し早く発見できていれば」と医師に言われたら、「魔法の梅酢」を用いた実験によって、手遅れになる前の段階に戻ることができる。そこで早期に発見して、早期に治療を受ければいい。

——それなのに、この人は大事なチャンスをみすみす逃しかけたのだ。あなたのためだったのに。

「悪かったよ。ごめん」

高志はいちおう謝ったものの、理不尽に責められているという思いが拭えなかったのだろう、「探しものしてたからさ」と、ぶっきらぼうに言い訳につなげた。

「何を？」

「麵棒。そば打ち専用じゃなくてもいいんだ。小さくてもいい。麵棒は何本あってもいいって言うからさ」

「麺棒なんて、こんなところにあるわけないでしょう」

ゴマすり用のすりこぎはあるが、収納場所を教える気にもならない。

「最近、おかしいんじゃないか？」

横柄な応対をされたことが癇《かん》にさわったのか、高志も反撃に出た。

「ひったくりに遭ったんだってな」

「清志から聞いたの？　それとも、雄ちゃん？」

宏美の口からはまだ話していないのだ。

「清志に、『お母さんが、自分の口から言う、って言ってるから、それまで何も聞かずにいて』って頼まれたけどさ」

「話すつもりでいたわよ。あなたが帰ってきたときに」

こぼれてしまったものを嘆いても仕方がない。

イッツノーユースクライングオーバースピルトミルク。覆水盆に返らず。

遠い昔の学生時代に教わった英語のことわざを頭の中で繰り返しながら、残りの二回分くらいの「魔法の梅酢」の入った瓶を抱えて、ダイニングテーブルに着いた。

「雄大によれば、最初、電話での君の話し方がおかしかったんだって？」

腰を据えて話し合おう、というように高志も妻の前に座る。

「雄大は、くも膜下出血でも起こしたのかと心配したと言ってたよ。出張中だったから、清志に頼んで家に様子を見に行ってもらったら、警察署から電話があったって。犯人はまだ捕まらないけど、ひったくられたバッグと財布は見つかったんだよな。君のスマホも」

「ええ」

「で、君は、ひったくられたときの状況をよく憶《おぼ》えていなかったとか？」

「ええ」

「雄大も清志も心配してたよ。それで……」

「脳ドックはちゃんと受けたわ。検査の結果、異常はなかった。それはもう清志には伝えたはずだけど」

「それも聞いてる」

「あなたが帰ってきたら、全部話そうと思っていたのよ」

息子たちは知っていて、夫の自分は何も知らない。蚊帳の外に置かれ、ないがしろにされたことに腹を立てているのだろう。そう思った宏美は、「だけど、このあいだ、あなたが胃の検診で引っかかったって聞いて、そんなあなたに心配をかけたくないと思ったから」という言葉につなげた。

「心療内科みたいなところに、一度、かかってみたらどうかな」

ところが、高志は、心から妻の容態を心配しているのだということがわかった。心の病にかかっているかもしれない、と思っているようだ。

「それ、君の大切な友達、啓子さんの形見なんだろう？　そういえば、啓子さんが亡くなってから、ずっと君の様子は変だった。清志の結婚話のこともそうだったけど、ヒステリックになったり、落ち込んだり、感情の起伏が前より激しくなった気がしたし、記憶も混乱しているように感じたときがあった」

「そうかもしれない」

素直に認めて、窮地から逃れる作戦をとった。

「近いうちに、一緒に心療内科に行こうか」

高志の声が遠慮を含んでいる。

「君には元気でいてもらわないと。ほら、いずれ、二人で店を持ちたいからさ」

こちらも遠慮がちな笑みを見て、宏美の胸に熱いものがこみあげた。

「そうね。でも、いまは、あなたの身体のことのほうが心配。そっちが片づいてから行くわ」

覆水盆に返らず。「魔法の梅酢」の大半をこぼしてしまったあわてんぼうの夫ではあるが、許してあげよう、と宏美は思った。

3

「何でもなかったよ」

高志から弾んだ声で報告があったのは、月がかわった三日だった。

「ピロリ菌を除去する薬だけ出されてさ」

「そうなの。よかったわ」

肩の力が抜けたようになり、宏美は思いきり深いため息をついた。

「これで、またそば打ちにも打ち込める」

「あら、仕事に、じゃないの？」

「ああ、うん、仕事にも」

そんな冗談を言い合える雰囲気になったのを喜んで、宏美は電話を切った。「やっぱり、わたしのおかげじゃないの」と、気づいたらひとりごとを言っていた。毎朝毎晩、仏壇に「魔法の梅酢」を供えて祈ったおかげではないか。いや、「魔法の梅酢」そのものを飲むという行為が幸運をもたらしたのではないか。

しかし、あの「魔法の梅酢」は高志がこぼして、残量はほんのわずかになってしまった。

——ということは、夫のそうした行為も関与している？

タイムスリップを体験したあとの宏美の頭を占めているのは、タイムスリップの実験とその後に生じる事象との因果関係である。

今回はタイムスリップとは違うが、「魔法の梅酢」が関係している点は同じだ。「魔法の梅酢」を拝む、飲む、こぼす。それら一連の行為が夫を救ってくれた、と思いたいが、本当にそうだろうか。

――すべて、偶然ではないのか。

因果関係という言葉にずっととらわれていた宏美の中にもたげた疑問が、徐々に大きくなってきている。夫が胃の検査に引っかかったのは、「魔法の梅酢」を拝んだり、飲んだり、こぼしたりする以前の話である。夫の胃に悪性の腫瘍のようなものができていたとしたら、精密検査を受ける前のその時点で、すでに結果は確定していたことになる。拝もうと、飲もうと、こぼそうと、結果は変わらない。それとも、「魔法の梅酢」を拝んだり、飲んだり、こぼしたりしたから腫瘍が消えた、とでもいうのか。

――その可能性は低い。

最初のタイムスリップのあとに父親が倒れて亡くなったことも、清志とのあいだに軋轢《あつれき》が生じたことも、二度目のタイムスリップの最中にひったくりに遭ったことも、その直後に夫が検査で引っかかったことも、すべて偶然だと見なすこともできる。人生には山もあれば、谷もある。それらのできごとは、どんな家庭でもよく起きる山や谷にすぎないのではないのか。

――だとしたら……。

わたしは、三度目のタイムスリップを恐れる必要はない。宏美は、体内に自信と勇気がみなぎるのを感じた。

啓子の最後の実験。最後にタイムスリップした先が、平成七年の十二月八日だった。

――わたしもそこへ行こう。

しかし、十二月八日ということはわかっているが、その日のいつなのかはわからない。実験ノートには「五時間のタイムスリップに成功」としか書かれていないからだ。前回の十一月十七日は、大体、想像がついた。金曜日。おそらく、啓子は会社帰りにデートするだろう、と推察できたからだ。

けれども、今回はどうなのか。最後のデートとなる日なのか。それとも、前回、啓子にプロポーズしたという彼――寛が海外に旅立つ日なのか。十九年前の十二月八日も金曜日だった。

実験を開始する日は七日。それまで四日しかない。翌日、宏美は、パートに行く前に岐阜県に住んでいる啓子の姉、浅野春枝に電話した。

「踏み込んだことをお尋ねしますが、啓子が何か送った人は、わたしのほかにもいませんでしたか？」

――妹は余命を言いわたされていたから、身のまわりの片づけをする時間はあったんですよ。

という浅野春枝の言葉が気にかかっている。形見分けも片づけの一つである。送ったあとに住所録などを処分する時間もあったかもしれない。

「いえ、頼まれたのはあの箱だけだったけど。宏美さんあての箱。中身は梅酢だったのよね?」

唐突に思える質問を怪しむ様子もなく、浅野春枝は答えた。おかしなものを形見分けされたから、ほかにもおかしなものが送られた可能性があるのでは、と宏美が興味を持ったと思ってくれたらしい。

「実は、このあいだお話ししなかったことがあるんです」

「えっ、何?」

「後悔していることがある、と手紙に書いてあったと言いましたけど、それはある男性のことだったんです。お姉さんがおっしゃってたとおり、啓子にプロポーズしたという男性です」

「やっぱり、そうなのね」

「筧さんという名前に心当たりはありませんか?」

「筧? その人が啓子にプロポーズした人?」

「実は、啓子は、手紙に『筧さん』とはっきり書いているんです。『筧さんのプロポーズ事実とは違うので、話す声がつい弱々しくなる。

「そんな……」

浅野春枝は、亡くなった妹の独身で終えた生涯を悼むだけの時間、沈黙していたが、

「寛って名前は珍しいわよね。聞いたことがあるようなないような……」と、考え込むような声を出した。

「お葬式のときの芳名帳のようなものはありますか？」

啓子の葬儀は、会社があった江東区内の斎場でひっそりと営まれた。啓子が住んでいたのも同じ江東区内のマンションだった。

「あるはずだけど、調べてみるわね」

浅野春枝は、気安く請け合ってくれた。が、電話を切る前に声を潜めて、こう続けた。

「もしかして、やっぱり、啓子が手紙の中で、宏美さんに何か頼んでいたんじゃないの？」

「いえ、それは……」

「亡くなったあの子の遺志を引き継ごうとする気持ちは嬉《うれ》しいけど、生きている人たちの生活に波風立てるのはやめてね。その寛さんとかいう男性、海外赴任になった人でしょう？　その後、どういう生活を送っているのかわからないし。もし、寛さんに何か送るように頼まれているのだとしたら……」

「いえ、それは違います。こんな話をすると笑われそうなので言いたくなかったんですけど」

ためらってみせてから、宏美は、よどみなく言葉を重ねた。

「啓子もわたしも、小学二年生のときのまま成長していない部分があるんです。啓子が送ってくれたおばあさんの代からの梅酢、あれに浸してきれいになった十円玉が自分たちの願いを叶《かな》えてくれる。啓子はそう信じていたんです。一種のおまじないのようなものかもしれません。汚れた十円玉をいろんな調味料に漬けてぴかぴかにした、あの実験と同じです。きれいになった十円玉は、自分たちに幸せをもたらしてくれるような気がしたものです。自分の命が長くはないと知ったとき、啓子は自分の死後に、わたしにある儀式を行なってほしいと頼みました。本当はこの世で結ばれたかったのに結ばれなかった相手、筧さんとあの世で一緒になるための儀式です。その儀式をするために必要なのがおばあさんの梅酢と、昔の十円玉と、いまの筧さんの住所なんです。バカバカしいと思われるかもしれませんが、啓子はつねにわたしにこう言ってました。研究に不可欠なのはひらめきで、世紀の発見は、ときとして偶然の産物だ、研究に大切なのは、成功すると信じることと、成功するように祈ることだ、って」

流暢《りゅうちょう》に話せたのは、あらかじめ少しの真実をまぜたそういうバカげたうそを組み立てていたからだった。

思ったとおり、電話の向こうで沈黙が続いている。

「平成七年の十円玉も、すでに用意しました」

そこで、そう言い募ってみると、

「まったく、本当に」

と、啓子の姉は息を長く吐き出して、「あの子らしいわね」という言葉につなげた。

「研究者なのに、非現実的なところがあるというか、迷信好きというか、子供っぽいというか。やっぱり、小学二年生であいう実験をするだけのことはあるわ。あら、ごめんなさいね。宏美さんもそうだと言ってるんじゃないのよ。でも、まあ、ちょっと似ている部分はあるのかしら。わたしが捨てようと言ったのに、あの腐ったような梅酢を捨てずに持っていたところからして、大体、おかしな子だったわね」

最後のほうは妹を偲《しの》んで涙声になっていたが、浅野春枝は、「何かわかったら、電話しますね」と、こちらも請け合ってくれた。

宏美が創作した壮大なバカ話に心を揺り動かされたのだろう。浅野春枝は、その夜のうちに調べたらしく、次の朝早くに電話をかけてきた。

「筧という名前はありました。筧真奈美《まなみ》という女性の名前が。住所と電話番号があります。受け付けをした会社の人が控えてくれたのね」

筧真奈美。十九年前に啓子にプロポーズしたという筧の妻だろうか。香典袋の住所や電話番号を控えてあったのだろう。万が一、例の「筧さん」とは無関係な女性だった場合でも、葬儀に参列したのだから、啓子とのつながりはあるはずだ。どういう関係か尋ねるため、という理由も作れる。

「ありがとうございます」と礼を言った宏美に、「筧さんって方が啓子と同じ会社の方だったかどうかはわからないけど、筧さんと社内結婚した女性という可能性もあるでしょう? まさかとは思うけど、彼女に接触したりして、ことを荒立てたりしないでね」と、浅野春枝は釘を刺した。

4

浅野春枝を裏切る形になるのは心苦しかったが、接触するつもりで住所や電話番号を入手したのだし、実験を行なう日は迫っているのだから、即行動を起こす以外になかった。

中央区佃《つくだ》一丁目。

隅田川沿いを歩きながら、宏美の脳裏に美容院の女性週刊誌で読んだ記事がよみがえった。あたり一帯はタワーマンションと呼ばれる超高層マンションの建設が進み、人口が増加していて、いまもっとも注目を集めている地区の一つだという。銀座や築地に近い場所柄、マンションの販売価格も高騰している。何よりも宏美が関心を持ったのは、タワーマンションに住むママ友たちの覆面座談会の記事だった。ママ友たちのあいだにはヒエラルキーがあって、上階の居住者ほどピラミッドの頂点近くになり、下のほうの階の居住者はピラミッドの下層に位置づけられていた。そのほかにも、夫の学歴や勤務先や年収、子供の成績や母親の持ち物――ブランド品のバッグや宝石類など――で、ママ友たちの力関係が決まるとされていて、異世界のできごとのように思って読んだものだった。

埼玉県寄りの小さなファミリー型の賃貸マンションでさえ、母親同士のつき合いに伴う苦労を経験したのだ。こんな巨大な超高層マンション地帯では、どんなに壮絶な女たちのドラマが繰り広げられることだろう。

宏美はそんなふうに想像しながら、ロビーにコンシエルジュのいるマンションに足を踏み入れたのだった。

「亡くなった時田啓子さんから預かったものがあります。筧さんに渡してほしい、と頼まれました。『筧さんという人がわたしの葬儀に来るはずだから』と」

電話を一本かけただけで、「そうですか。では、家にいらしてください」と、たいして警戒心も見せずに応じた筧真奈美である。

居間に通されて、大きく切り取られた窓からそびえ立つスカイツリーを眺めていたら、

「どうぞ」

と、筧真奈美が銀のトレイに陶器のティーカップのセットを載せて、運んできた。ロイヤルコペンハーゲンらしい器を宏美の前に置くと、ふたたび何かを取りにキッチンに戻っ

た。二度目に運んできたのは、ホテルのティーラウンジでしか見たことのないアフタヌーンティースタンドと言われる、二段になった銀の菓子皿だった。クッキーやプチケーキなどを何種類も載せて、バラエティを楽しむ器だ。上の皿には細長い焼き菓子が、下の皿には小さなマドレーヌが並べられていて、当然、宏美が手みやげにした埼玉名産のさつま芋の和菓子は置かれていない。

「すみません。こんなふうに、不躾《ぶしつけ》に押しかけてしまって」

瀟洒《しょうしゃ》で贅沢《ぜいたく》な空間に気後れして、宏美はそう言い、頭を下げた。筧真奈美の足下が目に入り、そのヒールの高いリボン付きのピンクのスリッパにまた気後れしそうになった。スリッパの素材は繻子《しゅす》だろうか。玄関で出された客用のスリッパも冬用の毛皮の飾りのあるものだった。

「すばらしい眺めですね。このあたりは、子育てにも最適な環境に思えます」

まずは、彼女の好意に感謝して、通された部屋や居住地域を褒めるべきだろう。もう二度と、この種のタワーマンションには足を踏み入れられないだろうから。隅田川沿いの遊歩道を少し歩いただけで、高級スーパーはもとより、遊具のある緑の公園や校庭が整った小学校や、きれいな建物の児童施設の類が目に入った。

「そう思われるかもしれませんね」

筧真奈美も窓へと視線を向けて、やや目を細めると、「でも、子供がいたら、いろいろと面倒なことに巻き込まれていたかも、と思って怖くなります」と言葉を続けた。

宏美は、返す言葉を失った。まるで、あの週刊誌の「タワーマンション内ママ友ヒエラルキー」の記事を読んだのを見透かされたかのようである。しかし、その言葉で、彼女には子供がいないとわかった。

「時田啓子の葬儀に参列されましたよね？　啓子とはどういうご関係でしょうか」

前置きを終えて肝心な質問を向けると、

「主人に渡したいものって、何でしょうか」

筧真奈美は、客人の質問を無視して、自分の質問をぶつけてきた。はからずも、彼女の口から「主人」という言葉が出たのである。筧の正確な年齢は聞いてはいなかったが、自分たちと同世代だとすると、かなり年下の女性と結婚した計算になる。見たところ、筧真奈美は三十代後半だろうか。美容院に行ったばかりのような整った髪形で、ナチュラルには見えるが目元も頬も手を抜かずにしっかり化粧をしている。部屋着とはいえ、膝丈の白いニットワンピースも高級素材のカシミヤのようだ。

「これです」

彼女に主導権を与えることにして、宏美は、バッグから封筒を取り出した。中から十円玉を引き出す。永井絵里に交換してもらった貴重な十円玉だが、実験の日までにはまた目当ての十円玉が入手できるだろう。

螺鈿《らでん》細工の施されたテーブルに、その黒ずんだ十円玉を置く。

汚らしい、というような表情も作らずに、筧真奈美は細い指で十円玉をつまみあげた。シルバーの付け爪をした指先が優雅な動きを見せる。

「十円玉ですか」

そして、宏美が説明する前に、鳳凰堂が描かれた面を見たあとに硬貨を裏返して、「平成七年のですね」と、彼女は自ら製造年を読み取った。

「なぜ、これを主人に？」

「啓子が亡くなったあと、彼女のお姉さんが『妹に頼まれていたから』と送ってきた箱の中に、手紙と一緒に入っていたんです。手紙には『筧さんに渡してほしい』とあったのですが、その方がどういう方なのか、わたしにはわからず……」

浅野春枝から「筧さん」の連絡先を聞き出したときとは違う。うそはうそだが、壮大な作り話をするわけにはいかない。

「手紙に、主人に渡してほしい、とあったのに、どういう人間かはわからなかった、とおっしゃるんですか？　香川さんは、時田啓子さんから主人のことを生前に聞かされていたんじゃないんですか？」

筧真奈美は、頭の回転の速い女性らしい。短い時間で相手の言葉を整理すると、すばやく切り返してきた。

「啓子を見舞ったときに、『昔、プロポーズされたことがあった』とは聞きました。でも、そのときは筧さんの名前は出さなかったので、彼女が亡くなったあとに、わたしの中で結びついた形です」

「ここの住所はおわかりだったんでしょう？　だったら、送ってくださってもよかったのに」

「啓子は、わたしの大切な友達でした。『渡してほしい』という遺言どおりにしたくて、直接お渡しするべきだと考えたのです」

「そうですか。でも、いま主人は日本にはいません。海外に赴任中です」

「どちらのほうへ？」

「ドイツです。この七月から」

七月というと、啓子が亡くなった直後である。

「ご主人が帰国したときに渡していただけませんか？　あるいは、奥さまがあちらに行かれるときに」

「自分が死んだら渡してくれ、なんてずいぶんな自信ですね。時田啓子さんから主人への形見。そういうことですものね」

筧真奈美は、宏美の言葉を無視して、たっぷりの皮肉で返した。

「無念さを抱えて旅立つ者の最後のお願い、そう思って許してやってはいただけませんか？　わたしもずいぶん迷ったんです。それで、啓子が亡くなってから、こんなに時間がたってしまって」

筧真奈美は、手にした十円玉を見つめて黙っている。

「それなら、なぜ、あなたは啓子の葬儀に参列してくださったのですか？」

思わず語調が強くなった。十九年前の十二月八日。啓子が戻りたかった理由とタイムスリップした時間帯を探るためにも粘らなければいけない。

「主人が行かれなかったからですよ」

「赴任の準備で忙しいときだったからですか？」

「ええ」

「妻のあなたが代理で行く必要もなかったのでは？」

代理で参列したのに、芳名帳には夫の名前を書かずに堂々と自分の名前を記入した。そこからも彼女なりの意地がうかがえる。

「時田啓子さんは、わざわざ主人に手紙で知らせてきたんです。『余命わずかなわたしです。せめて、葬儀のときには見送りにきてください』ってね。そこまでされたら、主人のかわりにわたしが行きたくなっても不思議ではないでしょう？」

「ご主人からその手紙を見せられたんですか？」

彼女の言動にふと疑問を覚えて聞くと、筧真奈美は、少したじろいだような表情を見せた。

「主人の様子がおかしかったので、追及したら、最終的には手紙を見せてくれたんですよ」

そして、肩の力が抜けたようにふっと笑うと、視線をふたたび窓の外へ向けた。

「自分の葬儀に来るように手紙をよこしたり、死んだら形見を渡してくれと頼んだり、時田さんは、よっぽど自分に自信があったんでしょうね。主人に愛されているという自信が。この十円玉にある平成七年って、主人が時田さんにプロポーズして、その思いを受け入れてもらえなかった年ですよね」

「そうだと思います」

宏美は、筧真奈美がテーブルに置いた十円硬貨を見つめて答えた。

「平成七年。それは、わたしと主人にとっても、記念すべき年だったんですよ」

険しかった筧真奈美の表情がわずかにほころんだ。

「いまから十九年前。大学二年生でした。イギリスに語学留学したんですが、わたしにははじめての海外旅行でした。十二月八日の成田空港。たまたま、主人もその日、ニューヨークへ旅立つために、夕方、成田空港にいたんですね。主人のほうは仕事でした。同じ日の同じ時刻、同じ場所にいて、わたしたちはすれ違っていたかもしれない。あとでわかったとき、二人の出会いに何だか運命的なものを感じてしまって……。運命的な出会い、と錯覚してしまったのが悲劇の始まりでした。わたしと主人との出会いは、五年前、いろんな業種の人が集まるパーティー会場。年が離れすぎていると反対する人もいたけれど、さっきも言ったように運命的な出会いが決定的になって、短い期間で結婚を決めてしまいました」

「ご主人は……初婚だったのですか？」

二人のなれそめを話す気になった裏に、宏美は、強い覚悟のようなものを感じた。

「ええ、そうです。五十歳になるまで結婚しなかったのは、ずっと時田啓子さんに操を立てていたせいかもしれませんね。あら、操だなんて、古い言葉ですね」

筧真奈美は、苦笑した口元を手で押さえたあと、「でも、時田さんのほうも同じですよね。ずっと独身でいらして」と表情を引き締めた。

「ご主人は、ずっと啓子を愛していた。そう思っていらしたんですか？」

「ええ」

「でも、ご主人に直接、気持ちを確認したのではないですよね？」

「しなくてもわかりますよ」

ため息をついてから、筧真奈美は静かな口調で言葉を紡いだ。

「結婚を考えるとき、男性には二種類のタイプがいますよね。自分の仕事を陰で支えてくれる女性を望む男性と、同じ土俵に立って刺激し合う女性を望む男性と。わたしは、主人が前者だと思って結婚した女なんです。わたしもそのほうが居心地がいいし。だけど、結婚してみてわかったんです。主人が本当に望んでいたのは、後者のほうだったと。主人は、研究する分野は違っても、同じ研究者の女性と切磋琢磨《せっさたくま》しながら生きていくべき男だったんです。そう、キュリー夫人みたいな女性が主人の理想像だったんですね。だから、わたしとは正反対なんです。主人と知り合ったとき、わたしは海外みやげの輸入会社に勤めていて、海外旅行も好きだったし、主人もわたしとは趣味や波長が合うと思ったのかもしれませんね。でも、本当は、仕事に疲れ果てていたときで、わたしは仕事を辞めて家庭に入りたかったんです」

筧真奈美の口調は、さばさばしたものに切り替わっている。彼女の「覚悟」が何なのかを探ろうと、宏美は黙っていた。

「主人もそのことに気づいたみたいです。わたしもそろそろ結論を出さないと、と思っているんです。赴任地がドイツに変わったときに、わたしがついて行くのを拒否したから、主人もうすうす勘づいているでしょう。見切りをつけるならいまかもしれませんね。子供が産める年齢のうちに」

「それは……離婚を考えているという意味ですか?」

筧真奈美は、諦めを含んだような微笑とうなずきで答えたが、少ししてから「主人は、わたしとではなくて、時田啓子さんと結婚すべきだったと思います。十九年前に」と、明瞭な発音で言葉にした。

十円玉を渡すという名目で訪れた家庭は、すでに壊れかかっていたのだった。

辞去するときに、筧真奈美は「ちょっと待っててください」と、玄関に宏美を待たせておいて、横文字のロゴの入った紙袋を持って戻った。のぞくと、出されたまま手をつけなかった焼き菓子とマドレーヌが入っていた。

「よかったら、これ、お持ちください。わたしが焼いたんです」

「お菓子作りがお好きなんですか？」

「ええ」

「ありがとうございます」

少しばかり彼女を哀れに思った。組み合わせが悪かっただけなのだ。夫婦になる男女の組み合わせが。きっと、筧真奈美は、料理など家庭的なことが大好きで、子供好きで、子供が生まれたら、それなりにママ友内のヒエラルキーも乗り越えていけるだけの力を持った女性ではないだろうか。

——結婚相手に選んではいけない人を選んでしまった。

そこは、息子の清志と共通している点だ。相性の悪い早苗との結婚を阻止するために、宏美は過去へとタイムスリップしたのである。

手作りの菓子というみやげを持たされて、コンシエルジュのいるロビーへと導くエレベーターに乗り込んだ。エレベーターで紙袋の中を見たら、宏美が渡した十円玉が底に入っていた。

――これは、お返しします。主人には渡せません。

離婚すると決めたとはいえ、一度は妻の座に就いた女である。彼女のプライドの高さに気圧《けお》されて、しばしでも彼女に同情を寄せたことを後悔し、宏美は大きなため息をついた。

5

実験も三回目ともなれば、並大抵のことでは驚かない。

気づいたとき、宏美は自転車に乗っていた。ちょうど前回、自転車の少年と衝突しそうになった交差点の手前で意識が戻ったので、事故を起こさずに済んだ。すぐに腕時計で時間を確認する。午後二時十分。定時にパート勤務が終わり、クリーニング店から出てきたのだろう。

実験を始める前に、タイムスリップ後の行動に関しては、何度も頭の中でシミュレーションを重ねていた。結局、三回目の実験に使ったのは、永井絵里の手から渡されたあの十円玉だった。

自宅に戻る暇はない。駅前の駐輪場に自転車を預けて、目についた公衆電話ボックスに入る。まずは、海老名の実家に電話することから始める、とタイムスリップ前に決めていた。

「あっ、お母さん？」

母は自宅にいた。当時習っていた華道の稽古は水曜日だった、と記憶しているから、自宅にいる確率は高いはずだ。

「どうしたの？」

「いま、パートが終わったところだけど、これからこっちに来られない？」

「これから？」と、受けた母親の声が裏返った。

「急用ができちゃったの。夜までかかるかもしれない。雄ちゃんが学校から帰って来るし。清志はクラブがあるから、遅くなるけど」

「急用って何よ」

「友達がちょっと……」

「高志さんは？」

「彼に頼めるわけないでしょう。あの人は、たぶん、今日も残業だから。お母さん、暇なんでしょう？」

「暇ってことはないけど……」

「ねっ、一生のお願い。頼んだからね」

返事を待たずに電話を切る。携帯電話が普及していない時代でよかったな、とつくづく思う。折り返し、電話がかかってきたりはしない。

家の問題は片づいた。続けて二件目の電話をする。バッグに手帳が入っていて、そこに啓子の自宅や勤務先の電話番号が書き込まれていたのは、前回のタイムスリップで見て知っていた。

会社の代表番号にかけて、電話に出た女性に内線番号を告げると、しばらくして今度は啓子本人が電話口に出た。

「啓子、今日は大事な日でしょう?」

雑談をする時間が惜しいので、単刀直入にそう聞く。

「何よ」と、いちおう啓子はとぼけてみせる。

「筧さんからプロポーズされたんでしょう? プロポーズの返事、今日がタイムリミットなんじゃないの?」

前回の啓子との会話や、筧真奈美から聞いた話などと照らし合わせて、宏美はそう推理したのだった。

「まあね」と、啓子は認めた。

「何て答えるの?」

「まだ決めてない」

「筧さんと会うことになってるの?」

「彼、ニューヨークへ行くのが決まってるのよ」

「今夜の便？」

「それはわからないけど、成田空港の第一ターミナル、チェックインカウンターに夕方までいる、とは言ってたわ」

「それって、そこで返事を待ってる、って意味じゃないの？」

「そうかな」

いままで色恋沙汰と無縁だった鈍感な啓子らしい反応だ。

「そうよ。啓子、仕事なんかしてないで、いますぐ行きなさいよ」

「そんなことできない」

いまの啓子にはできないかもしれないが、未来の啓子は「できなかった」ことを後悔し、空港に行くために過去にタイムスリップしたのではないのか。

「行かないと、後悔するよ」

啓子は黙っている。

「フライトは？　直行便？　乗り継ぎ便？」

「聞いてない。というより、彼が言わなかったから」

成田空港の第一ターミナルに夕方までいる、と筧は言ったという。夕方まで待っている、という意味かもしれないが、曖昧な表現をしたということは、〈君が来るまでずっと待っているよ〉というニュアンスを含めたからではないか。実際には、次の日の便を予定しているのかもしれない。

「筧さんは、大きな賭けをしているのよ」

「賭け？」

平成七年の時点の啓子は、まだ目覚めていない。ぼんやりした声で問い返す。

――わたしがその賭けに出る。

心の中でそうきっぱりと言うと、宏美は電話を切った。

あとは、成田空港をめざすだけだ。

6

いつからいつまでが夕方という時間帯に含まれるのかはわからない。四時を夕方と呼んで、五時はもう夕方からははずれると言う人もいるかもしれないし、六時までは夕方だと断言する人もいるだろう。とにかく、乏しい電車の路線の知識を駆使しながら、最大限に努力して最終的に成田空港の第一ターミナルに着いたときは、四時二十分になろうとしていた。

成田空港にきたのは、ハワイへの新婚旅行で利用したとき以来である。息子たちの高校の修学旅行は国内だったたし、成人してからそれぞれ出張や旅行で海外には行ったが、見送るような大げさなことはしなかった。新婚旅行時の空港の記憶はほとんど残っていない。二〇一四年の成田空港は、あれからあちこち改修したり、工事したりと手を加えられてはいるだろう。どこがどう変わったのか知らないし、知ろうとも思わないが、「便利で楽しい空港になった」と、どこかに書かれていたのを宏美は思い出した。

しかし、いま宏美がいるのは、一九九五年の成田空港なのである。新婚旅行でハワイに旅立ったのは、これより十二年も前のことである。

それでも、案内の表示板どおりに足を運んだら、いくつもある航空会社のチェックインカウンターに容易にたどり着いた。色とりどりの航空会社のマークの下で、制服姿の男女が手続きを行なっている。カウンターの前にはポールが何本も立てられてロープが何本も巡らされており、ロープの内側に日本人の長い列ができている。アジア系や欧米系の外国人の姿も目につく。人の渦の中には、将来、筧の妻となる十九歳の真奈美もいるかもしれない。手前にいくつもソファが置かれているが、空席は見当たらない。空席があっても、床に置かれたスーツケースやキャリーバッグが障害になっている。

ひととおり見渡したところでは、啓子の姿はない。人待ち顔でぽつんと立っている男性は何人かいるが、筧の身体つきや容貌がわからないので、本人と特定はできない。

——空港って、いつもこんなに人がいるの？

十九年前の空港もそれなりに混雑していたのか。十九年という歳月は自分にとっては充分に長いけれど、人類の歴史の中ではほんの一瞬にすぎないのかもしれない。時間の渦に巻き込まれるようなめまいに似た感覚にとらわれながら、ぼんやりとそんな思いにふけっていたら、突然、肩を叩かれて、宏美の心臓は躍った。

振り返ると、啓子が立っていた。よほど急いできたのだろう、息を弾ませている。紅潮した頰をしてはいるが、それは思いがけない場所で親友に会えたという喜びのものではなかった。啓子の顔はこわばり、乾いた唇はかすかに震えている。

「どうして、ここにいるの？」

啓子は、困惑した表情のまま、声を振り絞って言葉にした。

宏美は、遅まきながら自分のうかつさに思い至った。いち早く、どこかに身を隠すべきだった。

「筧さんは？」

見つかってしまった以上、じたばたしても始まらない。

「あっちにいる。一緒にきて」

啓子は、強い力で宏美の腕を引くと、ずんずんとフロアを戻って行く。売店が並んだスキップフロアへと進み、エスカレーターを上がって、カフェレストランの前でようやく立ち止まる。

「筧さんには返事したの？」

それだけでも早く知りたい。

「まだよ。彼の姿は見つけたけど、話しかけてはいない」

「いま、会ってきたら?」

「それより、知りたいことがあるの」

親友の顔を正面から見すえると、啓子は少し怖い口調で言った。

宏美は覚悟を決めて、連れ立って店に入った。奥のテーブルまで進み、啓子を壁側に座らせる。ウエイトレスが注文を取りにきて、二人ともコーヒーを頼み、それが運ばれてくるまで、どちらもひとことも発しなかった。

「ここで待ってるから、覚さんに会って、『結婚する』と返事しなさいよ。彼が旅立つ前に、それだけでも伝えて安心させてあげて」

落ち着いたところで、宏美はそう切り出した。自分が未来からタイムスリップしてきたことで、啓子の行動に水を差す流れになってはいけない。

「わたしは、プロポーズを断るつもりでここにきたのよ」

啓子は頭を左右に振ると、静かな口調で言葉を継いだ。

「昔、空港に行かなかったことを後悔したから。次は、空港に行って、自分の口からはっきり『結婚しない』と伝えようと決めたのよ。わたしは仕事を選ぶ。それがわたしの生き方なの」

――ということは、やっぱり……。

いま、自分たちが置かれている状況が信じられなくて、宏美は言葉を返せずにいた。

「でも、筧さんに伝える前に、宏美を見つけてしまった。そしたら、自分が何をするべきか、わかったの。こうして、宏美と話さなくてはならない。そうよね？」

「ええ」

宏美はうなずくと、三十五歳の啓子を見つめた。

二〇一四年からタイムスリップしてきた自分と、二〇一三年からタイムスリップしてきた啓子。そんな二人が見つめ合っている光景をすんなりと受け入れることができない。それぞれ違う未来から同時代にタイムスリップすることが可能なのか。

だが、これは現実だ。現実にそういう現象が起きている。会社に電話したときに応対した啓子といまの啓子とは違う。前者の啓子は、タイムスリップしてきた啓子の意識が潜り込む前の啓子だったのだろう。磨かれてきれいになった十円玉を見つめる実験で二〇一三年の啓子がタイムスリップしてきたのは、宏美が電話をした直後だったに違いない。宏美が成田に向かった直後に、意識が戻った啓子もまた成田に向かったのだ。

宏美は、いまに至るまでの展開に思いを巡らせると、大きなため息をついて目の前の女友達を見た。

「体調が悪くなって、実験を続けるのが無理になって。もしかして、という予感はあった

た。

「けど、わたしは……死んだのね？」

未来からタイムスリップしてきた啓子は、一番知りたいであろう質問を宏美に向けてき

宏美はうなずいた。頭の切れる研究者をごまかす術《すべ》はない。二〇一三年の十二月八日時点での記憶を持ってタイムスリップしてきた啓子は、当然だが、それから余命宣告されて亡くなるまでの記憶は持っていないのだ。

「そう」

啓子は小さく微笑《ほほえ》むと、「宏美が、わたしの実験を引き継いでくれた形になったのよね？」と確認した。

宏美は、啓子の死後に、「魔法の梅酢」と実験ノートが送られてきたこと、それは、啓子が姉の浅野春枝に託したものであることを説明したあと、「実験するのは怖かった。というより、最初はとても信じられなくてね」と言って、肩をすくめた。

「信じられなくて当然よね。わたしもそうだったから。会いにきてくれて、ありがとう」

「先月もきたのよ。啓子には会えなかったけど」

「そうだったかしら」

啓子は、眉をひそめる。

「あのときは、有楽町のドイツレストランで筧さんと会ったんでしょう？」

「ええ、あの夜のデートで、『結婚してほしい』と言われたのよ」

「啓子から電話があって、どうしたらいいか、相談されたわ」

「それは……」

記憶にないのは、啓子が言葉に詰まったことでわかった。

「今日、わたしが会社に電話したのは？」

「それも、まったく」

と、啓子は否定で答えると、「十月二十六日、タイムスリップ中にわたしも宏美に電話したのよ。実験の確認作業の一つのつもりで。それは憶えてる？」と、逆に尋ねてきた。

「いえ……すぐには思い出せない」

一九九五年十月二十六日。その日に誰からどんな電話があったかなど、よほど印象的な内容でなければ記憶にとどめていない。

「実験して確認したい項目は山ほどあるけど、もう時間がない。それが、とても残念だわ。でも、実験自体にどんな危険が伴うかわからないから、宏美にはあまり勧められない。ごめんね。せっかく会いにきてくれたのに」

啓子は、寂しげな微笑を見せた。一年二か月に及んだ実験が自分の身体を蝕《むしば》んだ可能性について語っているのだ、と宏美は思った。が、その後の手紙で、啓子自身が「このような本職から離れた奇妙な実験がわたしの身体を蝕んだとは思いたくないし、宏美もそんなふうには受け止めないでくださいね」と書いているのである。「でないと、わたしは浮かばれません」と続けていた。

「気にしない、気にしない。だって、もうこうして会いにきちゃったんだから」

タイムスリップしてきた以上、二〇一四年に戻れるのは、あと約二時間後である。宏美は軽い口調で言って、笑い飛ばした。

「データが少なくて早急に結論は出せないけど、こうして同じ時代にいて同じ空間を共有しているときは、記憶も共有できる、いまの段階ではそういう結論になるのかしら」

啓子は、研究者らしい推測を語ると、考え込むように顎に手を当てた。

「話を戻すけど」

考えてもわからないことは考えない。わたしは学者でも研究者でもない。タイム・パラドックスという例の言葉が脳裏に浮かんだ宏美は、頭を即座に切り替えた。

「覚さんには、返事を保留にしたの？」

「十二月にニューヨークへ旅立つから、そのときまでに、って言われて」

「それが今日ね」

「ええ」

「啓子は、人生をやり直すために、今日という日にタイムスリップしてきたんじゃないの？」

「さっきも言ったように、もう一度、筧さんに会いたかったから。彼の顔を見て、直接、わたしの決意を伝えたかったから。ただ、それだけよ」

「歴史を変えることを怖がっているんじゃないの？」

啓子は、その質問には答えない。

「思いきって変えちゃいなさいよ。歴史と言ったって、人類や世界の歴史じゃない、啓子個人の歴史でしょう？　いま筧さんのところへ行って、『結婚します』と言いなさいよ。そしたら、未来は変わるかもしれない。啓子は筧さんと結婚して、子供も産み育てて、海外生活したりして楽しく暮らしていたかもしれない。啓子の研究分野だって、海外で続けられたかもしれない。病気にもならず、おばあちゃんになるまで健康に暮らせたかもしれない。歴史を変えることは、未来の構成要素を変えることにつながるかもしれない。そうでしょう？」

確信はない。すべて可能性で語るしかない。それでも、少しの可能性に賭けて、親友である研究者を前に熱弁をふるった。

「宏美、ありがとう」

啓子は、ふたたび感謝の言葉を口にしたが、でも、と激しく頭を振った。

「わたしにはわたしの信念があるの。いまの仕事をやり遂げたい。色つきの瞬間接着剤を成功させたいの。赤い色つきの接着剤。それはね、塗った量がわかりにくいという消費者の声から研究開発を決めた商品なの。塗ったときは色があって、時間とともに色が消える。その試作品がもう少しで完成しそうなのよ。わたしは、篔さんのことを愛しているけど、それ以上に自分の仕事を愛しているの」

それだけ一気に言うと、啓子は、千円札を一枚テーブルに置いて立ち上がった。冷めかかったコーヒーは手つかずのままだ。

「篔さんは、五十歳のときに結婚したけど、結婚生活は五年で破綻した。やっぱり、篔さんは啓子と結婚すべきだったのよ」

未来の情報を急いで伝えると、それを聞いた啓子の目が一瞬大きく見開かれたように思われた。

「さようなら」

啓子は、弱々しい笑みを宏美に投げかけて、店を出て行った。

一人になった宏美は、未来の情報を啓子に伝えてしまったことを後悔した。それでも、余命宣告された啓子が、「葬儀にきてほしい」と、篔に手紙を出した事実は伏せたのである。葬儀にきたのは篔本人ではなく、妻だった。それらの事実を伝えなかっただけでもよかった、と宏美は思った。

第七章　現在

1

意識が戻ったとき、宏美は自宅の玄関でうずくまっていた。

二〇一四年十二月八日。月曜日。午後七時十分。ショートコートをはおり、腕にトートバッグの紐《ひも》を通した格好で、足下に家の鍵が落ちていたので、外出先から戻ったところか、これから外出するところか、いずれかであろうと推測はできた。しかし、身体《からだ》がドア側を向いていたところから推察すると、後者だろうか。

頭が重い。時差ボケに似たあの症状だ。身震いするほどの寒さも感じたので、靴を脱いで、居間へ行った。居間の空気は暖まっている。とすれば、外出するところだったのかもしれない。

――こんな危うい状態で出かけなくてよかった。

ソファに座り、ホッと胸を撫《な》で下ろす。前回のように、警察署で目覚めないだけでもよかった。ひったくりに遭ったときの宏美は、家族の話を聞くかぎりでは精神状態が不安定だったようだ。タイムスリップという現象は多大なるエネルギーを要するのだろう。肉体や精神に与えるダメージは相当大きいと思われる。

「とりあえず、水分補給ね」

ひとりごとを言いながら台所へ行き、冷蔵庫からミネラルウォーターを取り出して飲んだ。気分が落ち着いたところで、啓子が書いた実験ノートを出してきてテーブルに広げ、三回目のタイムスリップを振り返る作業を始めた。

成田空港のカフェレストランで啓子と話した宏美は、啓子が去ったあと、あえてあとを追わなかった。「歴史を変えない」という決断をした啓子の意思を尊重したかったし、寛と二人だけの貴重な時間を過ごさせてあげたいと考えた。自分の体調も気になった。過去に滞在できるのは五時間だが、タイムリミットが迫るにつれて体力が落ちるのは経験済みである。帰宅途中で疲れ果てて、行き倒れになる。そんな最悪な状況に陥るのは避けたかった。過去の自分の身体を傷つけてしまったら、未来の自分はどうなるのか。考えるだけで恐ろしい。体調の悪い状態で、母にあれこれ詮索されたくなかったので、海老名の実家へ向かった。

海老名の実家には父がいた。電話で母を練馬へと呼び出したのは自分だから、母が不在なのは当然だったのだが、実家に着くなり、「疲れた」と居間のソファにだらしなく倒れ込んだのまではおぼろげながら記憶にある。まだ六十代の父がひどく驚いた顔をしていたのも。

しかし、記憶がそこで途切れているから、そのまま深い眠りに落ちてしまったのだろう。そして、気がついたら、ここである。

前回までと同じで、タイムスリップしていたあいだ、「抜け殻の自分」が何をしていたのかまったくわからない。意識とともに過去にタイムスリップしていたのだから、現在の自分の記憶がなくて当然なのかもしれないが、何とも心もとない。同時に、ひどく怖い。

広げた実験ノートに見入っていた宏美は、「やっぱり、おかしい」と、今度もひとりごとを言って、首を左右に振った。啓子は、最後の実験で一九九五年の十二月八日にタイムスリップしているのである。どこにタイムスリップしたのか、そこで何があったのかについては一行も記されてはいないが、タイムスリップに成功したのだから、宏美とも会ったということになる。その宏美は、啓子が書いた実験ノートを見たあとに同じ一九九五年の十二月八日にタイムスリップした。成田空港で宏美を見つけたとき、啓子は、宏美もまた同じ時代の同じ場所にタイムスリップして来ることを、事前に知っていたのではないのか。知っていないとおかしい。理論上はそうなる。知っていたから、余計な先入観を与え、警戒されるのを恐れて、実験ノートには何も書かなかった、と考えることもできる。予備知識がなければ、ためらわずに実験できる。

だが、成田空港で宏美を見つけた啓子は、困惑した表情を見せた。明らかに驚いていた。あれは、演技だったのだろうか。あれが演技だったとすれば、その後に交わした会話のあいだも、啓子は演技し続けていたことになる。

——なぜ、わたしを騙《だま》す必要があったの？

あれも、研究者としての彼女の実験の一環だったのだろうか。

——わからない、わからない。ああ、頭がこんがらがる。

タイム・パラドックスという文字が頭の中で暴れまくる。宏美は頭を抱え込んで、テーブルに突っ伏した。

玄関チャイムが鳴った。ハッと頭を起こす。

「香川さん！　香川さん、いる？」

チャイムに続いて、ドアが叩《たた》かれた。聞き憶《おぼ》えのある女性の声だ。

ああ、そうだ、パート仲間で洗い場担当の南さんの声だわ、と思い当たった。ハッとして、バッグの中の携帯電話を急いで確認すると、同じ番号から頻繁にかかってきている。急に予定が変更になることもあるので、パート仲間同士、互いの携帯電話の番号やメールアドレスを教え合っている。

——何か緊急の呼び出し？

しかし、もう七時を過ぎているのである。

尋常でないドアの叩き方にたじろいで、玄関ドアを開けると、

「香川さん、いたんじゃないの。来るって言ったまま来ないから、走ってきちゃったわ」

と、南は、息せき切って言った。

「あの……何だか、急に頭が痛くなっちゃって」

やっぱり、出かける用意をしていたところだったのか。

「大丈夫?」

すでに孫もいる六十代の南は、いちおう宏美の体調を気遣うそぶりを見せたものの、

「ユキちゃん、重体ですって」と、声を潜めて続けると、「ショックよね。本当に、聞いたほうも体調悪くなりそう」と眉をひそめた。

「ユキちゃん?」

あの永井絵里の娘のユキちゃんのことらしいが、重体とは……。交通事故にでも遭ったのか。

――三度目のタイムスリップの代償がこれだったなんて……。だとしたら、あまりにも大きすぎる。

全身の皮膚が粟立《あわだ》った。悠長に質問攻めにしている場合ではない。宏美は、南と一緒に駆け出した。

2

永井由貴《ゆき》。享年四歳。

宏美の知っているユキちゃんは、祭壇に飾られた写真の中でにっこり微笑《ほほえ》んでいる。

「ユキちゃんは、ママのことが大好きなんだね」と、母親の手にしがみついているユキちゃんをからかうと、恥ずかしそうに身をよじる姿がまぶたの裏に焼きついている。配達に向かう母親のワゴン車に一緒に乗るのが大好きで、母親の仕事が大好きで、「大きくなったら、ユキもする」と言っては、まわりの大人たちの頬を緩ませたものだった。

宏美は焼香を終えると、もう一度、遺族席へと顔を向けた。永井絵里は、白いハンカチで口と鼻を押さえたままうつむいている。彼女の夫は、悲しみをこらえるように両拳を固く握り、小学校低学年の娘は、何かに恨みをぶつけるかのように参列者を睨《にら》みつけている。

――ごめんなさい。わたしのせいで、ごめんなさい。

心の中で謝罪しながら、宏美は深く一礼した。

――わたしが過去にタイムスリップして、啓子に会うなんて大それたことをしたから、こんな大きな事故が起きてしまった……。

タイムスリップとその後に起きる事象とのあいだに因果関係はない、すべて偶然、と一度は納得したはずなのに、心が揺らいでいる。身近な人の死という現実を突きつけられた以上、因果関係はない、と言い切れなくなった。後悔してもしきれない。

「ごめんね、ユキちゃん」

口の中で小さくつぶやくと、途端に涙があふれ出て、嗚咽《おえつ》が止まらなくなった。ハンカチで目元を押さえて通路に出たら、「香川さん」と、南が追いかけてきた。

「あ……ああ、顔がぐちゃぐちゃになっちゃって」

洟をすすり上げると、

「無理もないわね。香川さん、永井さんと親しかったから。ユキちゃんのことも可愛《かわい》がってたし」

と、南がしんみりとした口調で言い、傍らのベンチに座るように促した。

「あんなに小さい棺《ひつぎ》に入っちゃって。ご家族も痛ましくて、見ていられなかったわ」

「ええ」

宏美はうなずいて、棺の中の小さなユキちゃんの顔を思い浮かべた。車にはねられたユキちゃんだったが、顔はきれいだった。その棺に、宏美は、裂き織りで作ったリボンをおさめた。以前プレゼントしたのとは違うピンク色のリボンを。棺には、幼稚園でユキちゃんがクレヨンで描いた絵や、色紙の貼り絵などがたくさんおさめられた。貼り絵に使われた接着剤が色つきのものだということは、ユキちゃんから聞いて知っていた。それは、おそらく、生前の啓子たちのプロジェクトチームで開発されたものだろう。改良を重ねた末に発売されて、ヒット商品となったのだった。

「これからどうするのかしら。永井さん、当分、パートには出られないわよね」

南は、同情のこもったため息をついた。永井絵里の夫が勤めていた会社が倒産し、職探しをしていた最中だったという情報は、南が知人から仕入れたものだった。永井絵里は、家庭の困窮を自分の口から話すような女性ではない。そんな状況でも明るくふるまっていたのだとわかり、余計、宏美は胸が潰れる思いがした。

「あそこの道、大通りへの抜け道になっていて、最近、交通量が増えていたのよね。道幅は狭いし、危険だと言う人もいたわ。それにしても、運転手の脇見運転が原因だったなんて」

南のため息は止まらない。

事故が起きたのは、十二月八日の午後三時半ごろ。夕食用弁当の配達の途中だったという。永井絵里は、幼稚園から娘を引き取って、いつものように一緒に弁当を配り歩いていた。住宅街のその家も顧客だったが、塀の前にワゴン車を停《と》めた母親は、「ここで待ってて」と娘に言い置くと、弁当を持って門の中へ入って行った。引き返すまでのわずか数分のあいだに、悲劇は起きたのだった。塀の前でおとなしく待っていた幼女めがけて、一台の車が突進してきた。塀と車のあいだに挟まれて、幼女は命を落とした。病院に運ばれたときにはすでに意識はなく、意識不明のままに翌朝息を引き取ったのだ。運転していたのは製薬会社の社員で、車も営業車だった。助手席の缶コーヒーを取ろうと脇見をして、ハンドル操作をあやまったらしい。

その日、パートが休みで出かけていた南に事業所から連絡があったのは、六時半を回ってからだったという。配達業務を担当できる人材はそう多くはない。シフトの組み替えもあるので、事業所に集まってほしい、という連絡だった。「香川さんにも連絡して」と頼まれ、南はすぐに電話したのだが、自宅にかけても宏美は出ない。携帯電話にかけても応答はない。少し待って自宅の電話にかけてみたら、今度は宏美が出た。南の話では、「えっ、そうなの？」と、事故を知って驚いた様子だったというが、宏美は記憶にない。もちろん、「すぐ行く」と答えた記憶もない。不審に思った南が宏美の家まで迎えにきたといういきさつを、のちに知った宏美だった。

「不運だったのね」

ため息のあとに、南は、もうこんな悲劇はやめてほしいというように頭を振った。

「あとほんの十秒ずれていたら、車は隣の空き地に突っ込んだかもしれないのに」

本当にそうだ、と宏美も大きくうなずいた。事故のあとに宏美も足を運んでみたが、事故のあった家の隣は空き家だったのを取り壊して、更地にしたばかりだったという。

「人生、何が起きるかわからないわね。永井さん、そばにいて娘を守ってやれなかった、そう言って泣き崩れていたわ」

やりきれなさをもてあますように、あーあ、と天を仰いだ南に、

「時間を巻き戻せるものなら、巻き戻したい。絵里さん、そう思っているでしょうね」

と、宏美は、まるで自分の胸に言い聞かせるように言った。そう思わない母親などいないはずだ。

「そういう魔法が……あればいいのにね」

南が言って、何十回目かのため息をついた。

――そういう魔法はあるじゃないの。

そう、そのとおり、「魔法の梅酢」は、まだ一回分は残っている。ユキちゃんの幼い命が失われてから、宏美はずっとそのことを考えていた。一年後の十二月七日、平成二十六年製造の汚れた十円玉を、まずは「魔法の梅酢」を希釈した溶液に漬けてみる。日付が変わって十二月八日。ぴかぴかに磨かれた十円玉を見つめる実験を開始するのは、何時がいいだろう。事故の起きる時間に合わせて、午後三時？　いや、もっと前のほうがいいのだろうか。

――ユキちゃん、わたしが助けてあげるからね。絵里さん、あなたの愛《いと》しいユキちゃんをわたしが生き返らせてあげるからね。

だから、どうか、これから一年間、家族三人で励まし合って、がんばって生き抜いてちょうだい。わたしが見守っていてあげるから。

小さな棺が霊柩車《れいきゆうしや》で運ばれて行くのを見送るあいだも、宏美は、ずっとそう語りかけていた。

3

「お母さん、大丈夫かよ。さっき、兄ちゃんから聞いたけど、弁当の配達、始めるんだって?」

食卓に着いた宏美に向かって頓狂な声を上げたのは、雄大だった。

「ああいう事故もあったしさ、やめたほうがいいんじゃないの?」

「慎重に運転するから大丈夫よ」

宏美は、そう言い返した。奇妙な自信があった。われながら不思議だが、十二月八日までは自分の身が危険に晒《さら》されることなく、無事に過ごせるような気がしているのである。

「慎重にしててもさ、ほら、あっちから車が突っ込んでくる場合もあるんだし」

「そのときは……」

そのときで仕方がないのか、そうなったらそうなったで、また実験を繰り返すのか、思いつかずに、宏美は肩をすくめた。

「楽観的というか、度胸があるというか、お母さん、変わったよね」

おどけたように顔を歪《ゆが》めると、雄大は「なあ、兄ちゃん」と、清志に話を振った。

「お母さんがやりたいようにすればいいさ」

と、清志のほうは寛容な態度だ。

「それにしても、お父さん、大丈夫なのかな。お母さんも手伝ったほうがいいんじゃないの？」

子供のころから台所に入るのが好きだった清志は、台所の父親を気にしている。

「いいのよ。どこまで上達したか、お父さんが腕前を披露する席なんだから」

宏美は、カウンター内でせわしく動き回る夫を見て微笑んだ。

年が変わって、二〇一五年二月二十二日の日曜日。高志は、「手打ちそばをふるまいたいから」と、息子たちを自宅に呼ぶように妻に命じた。それで、息子たちに招集をかけて、家族で顔を合わせたのである。

「うまいかな」

清志は、台所の父親に聞こえないように小さな声で言った。

「俺たち家族は、毒味役《たた》ってわけだ」

雄大は、そう軽口を叩いて笑った。そう言う雄大に交際中の親しい女性がいるのは、宏美も知っていた。だが、本人が「結婚」という言葉を切り出さないかぎり、話題にしないでおこうと決めている。

「お父さんも新しいことに挑戦して、日々腕を磨いているんだから、お母さんだって新しいことに挑戦してもいいでしょう?」

パートの話題に戻して、宏美は息子たちに言った。いや、息子たちの許可など得る必要はない。やりたければやるだけだ。「絵里さんが戻って来られるときまで、わたしがかわりに配達をがんばるから」と、永井絵里には伝えてある。両親ともにすでに他界している彼女は、栃木県小山市内の夫の実家に一時的に身を寄せている。夫の実家には、母親と姉の家族が住んでいるという。永井絵里は、「いずれは、また家族で暮らしたいから、主人の実家の近辺でも仕事を探すつもりです」と話していた。子供を失うという悲しいできごとを経てもなお、前向きに生きようとするバイタリティあふれる彼女だからこそ、助けてあげたい、生き直させてあげたい、と宏美は思うのである。

——人生は一度きりじゃない。人生は二度ある。

そのことを、彼女に知らせてあげたい。

事故が起きた一年後に。

「できたぞ。まずは一人前。お母さんから」

台所から威勢のいい声が上がった。ざるに盛られた生そばを受け取りに行った宏美は、夫の目が輝いているのに気づいた。高志は、そば職人さながらの目をしていた。

終章　未来より

園庭の前で見憶《みおぼ》えのある白いワゴン車が停《と》まり、運転席から永井絵里が降りてきた。

「あら、絵里さん。こんにちは」

宏美は、三十分も前から待っていたのを悟られないように、いま気づいたふりをして駆け寄った。

「こんにちは」

永井絵里の顔色は明るい。それはそうだろう。いまは、二〇一四年十二月八日の午後二時五分。事故の起きる前なのだから。

「ユキちゃんのお迎え？」

「はい、そうです。香川さんは、今日はお休みでしたね。これから……」

「ええ、お買い物に」

と、宏美はトートバッグを掲げてみせた。が、いつものスーパーへ行くのに、幼稚園の前は通らない。

「今日は自転車じゃないんですね」

「ああ、うん、たまには歩かないとね」

ユキちゃんと過ごすには身軽なほうがいい。

「今日は、ユキちゃんと一緒に配達？」

「いつも預かり保育ってわけにもいかなくて」

永井絵里は、わずかに顔をしかめた。保育園に空きがない状態で、仕方なく子供を幼稚園に通わせている彼女だが、幼稚園でもいまは有料の預かり保育という制度がある。

「今日、わたしがユキちゃん、みててあげようか」

「えっ、いいんですか？」

はじめてのことなので、永井絵里は驚いた表情になった。

「いいのよ。時間あるし」

これで、ユキちゃんの安全は保障された、と安心した宏美だったが、そのユキちゃんを連れて出てきた永井絵里は浮かない顔をしていた。

「ユキ、一緒に行くってきかないの」

「ねえ、ユキちゃん。おばちゃんと一緒に公園で遊んで、ママを待っていようよ」

かがみこんで目線を合わせて微笑《ほほえ》んでみせたが、ユキちゃんは「一緒に行く」と、母親の腕を引いて駄々をこねた。

「そういうことで、ごめんなさい。社会勉強にもなるし、ユキを連れて行きます」

「そう？　じゃあ、また」

ここは引き下がろう。断られる場合も想定していた。

母子が乗ったワゴン車が走り去ると、宏美は、近くの公園に入った。ブランコに揺られながら時間を潰す。

――ついに、この日に戻ってきた。

強い感慨に心が満たされて、宏美は、深く息を吸い込んだ。十二月の空気は冷たく乾いているが、一年前のそれだと思うと、特別な香りが含まれている気がする。

一年前の今日という日を思い起こす。

一年前の十二月八日、宏美は、例の実験によって、一九九五年の十二月八日にタイムスリップした。成田空港の第一ターミナルで、啓子と会って話をした。

当時を振り返ってから腕時計を見ると、二時十五分になっている。ちょうど、前回、タイムスリップ先で意識を取り戻した直後である。

――二〇一四年十二月八日のこの時間、わたしは一九九五年にタイムスリップしていたはずだった。

それなのに、それから一年後の同じ日、わたしはまさに、その日、二〇一四年十二月八日にタイムスリップしてきている。そして、現実にここにいる。去年の今日、過去にタイムスリップした自分はどこへ行ったのだろう。いまどうしているのだろう。いま、ここにいるわたしの実体はどうなっているのだろう。本当の意識はどこにあるのだろう。この種のタイムスリップはルールを大幅にはずれているのではないだろうか。イレギュラーなタイムスリップだとしたら、その代償は想像以上に大きなものになり、肉体や精神にかかる負担は計り知れないものになるのではないか。

考えれば考えるほど、迷路に入り込んでしまう。糸と糸が絡まり合うように、時間とか過去とか現在とか未来とか意識とか、いくつもの言葉が複雑に絡まり合って、宏美を混乱状態に陥らせる。

あの日、成田空港から自宅ではなく、海老名の実家に行った宏美は、父だけがいた実家で意識を失った。タイムスリップ先の過去から現在に戻ったあと、「十九年前の十二月八日、急にお母さんを家に呼び出したの、憶えてる?」と、海老名の母に聞いてみたら、母はこう答えたのだった。「もうすぐ八十だもの、そんな昔のことなんか、憶えてないわ。大体、あんたに呼び出されたのって、一度や二度じゃないし」と……。

「考えてもわからないことは、考えない。恐れていては、何も始まらない」

自分の胸にそう宣言すると、宏美は、今日これからの行動を確認するためにも、この一年の自らの行動を顧みた。

この一年間、ただ手をこまねいていたわけではない。

まず、事故が起きた住宅街の道路に関して、「ここは生活道路ですから、抜け道としての使用は控えてください」と車両に訴えかける貼り紙を、市に働きかけて作製し、周辺に何枚も配った。事故のあった家の塀にも注意を喚起する紙を貼らせてもらった。ユキちゃんのような幼い犠牲者を、二度と出してほしくはなかった。

次に、事故を起こした社員のいる製薬会社にも働きかけた。驚いたことに、加害者の三十代の独身男性は、永井絵里宅には一度も謝罪に訪れていないという。事故処理に関しては、すべて、保険会社を通じての手続きらしい。宏美は、製薬会社に匿名で手紙を出した。

――貴社の社名が入った車をよく見かけますが、運転が乱暴なように思われます。もう少し安全運転を心がけるようにご指導願えませんか？

未来の人々の意識を変えれば、過去のできごとにも変化が生じる。そう考えたかったのかもしれない。しかし、どうせ、実験によって過去に戻ってしまうのだから、この種の働きかけも無駄に終わる可能性は高い。それでも、何もしないよりはましだと思われた。いや、何もせずに一年間を過ごすのが不安だったのだ。

しばらく公園にいて、一度家に帰った。事業所でワゴン車に弁当を積み込む作業を終えたら、母子は配達に向かうだろう。事故が起きたのは、配達が終盤にさしかかったころだった。

宏美は、今度は、自転車であの空き地をめざした。

午後三時。宏美は自転車を停めて、空き地の前で母子を待っていた。タクシーや運送会社のトラック、乗用車などが片側一車線の住宅街の狭い道をわがもの顔で走り抜けて行く。もっとスピードを落としたらどうか、と言いたくなるほどのスピードで。

五分、十分、と時間が進むにつれ、心臓の動悸《どうき》が激しくなっていく。

白いワゴン車が、隣家の塀の前で停まった。

母子が降りてきた。母親は幼子を塀側に張りつけるように寄せると、ワゴン車の後ろを開け、弁当を二つ取り出した。夫婦で宅配弁当を利用している高齢者家庭らしい。

一度深呼吸をすると、宏美は二人へと駆け寄った。

「あら、香川さん」

永井絵里が虚をつかれた顔をした。

「よく会うわね」

言われる前に、こちらから言った。

「配達の途中？　わたしは買い物。今度は自転車で」

早口で言い募り、「ユキちゃん、いつもお母さんと一緒でいいね」と、ユキちゃんに笑いかけた。

ユキちゃんは、いつものようにはにかまずに、なぜか暗い表情でいる。弁当を抱えているのだから仕方ないが、母親と手もつなげない。

「絵里さん、ユキちゃんも一緒に入らないの？」

「いろんなご家庭があってね」

と、永井絵里は肩をすくめた。

「ここのおうち、ユキを見ると、いろいろくれるんです。飴《あめ》とかお菓子とか。癖になると困るんで、ユキは外で待たせているんですよ」

「そう、じゃあ、おばちゃんと一緒に待っていようか」

宏美は、寂しそうな表情のユキちゃんに語りかけ、その小さな手を取った。それが最終作戦だった。わたしがユキちゃんを守る。

ユキちゃんの顔が明るくなった。

永井絵里の姿が門の中に消えた。

「こっちに空き地があるよ」

と、宏美はユキちゃんを塀から遠ざけた。

空き地へ行き、自分の身体《からだ》を盾にして、ユキちゃんを背後に隠す。

「おばちゃん、何して遊ぶ？」

ユキちゃんが聞いた。斜めがけした小さいバッグに、宏美がプレゼントした裂き織りの赤いリボンが揺れている。

宏美は、腕時計を見た。午後三時二十五分。事故が起きるまであと五分。

この場にわたしがいる。前回とは違う状況が何らかの作用をもたらして、今回は、事故は起こらないかもしれないし、やっぱり、事故そのものは起きるかもしれない。だけど、大丈夫。わたしがこの子を守ってみせる。

「寒いから、暖まりごっこしよう」

宏美は、後ろを向くと、かがみこんで幼女を抱きかかえた。

——このまま何ごともなく過ぎたら、この子は死なないで済むのよね。

宏美は、必死に願った。そうなってほしい。しかし、それは、歴史を大幅に変えることにもなる。一度死んだ子を生き返らせるのだから。それほど大幅な史実の改変は、大きな代償につながるのだろうか。たとえば、ほかの人間の死のような……。

——わたしは死ぬ？

戦慄が背中に走った。だが、すぐに、大丈夫、とその考えを追い払った。ここで死んだら、未来の自分は存在しないことになる。そんなはずはない。わたしは、二〇一五年の十二月八日を一度経験しているのだから。その日からいまに、未来から現在に、タイムスリップしてきているのである。

——大丈夫、あの日に戻れる。未来のあの日に。

「魔法の梅酢」と「実験ノート」を遺してくれた啓子のためにも、この最後の実験に失敗することはできない。

目の隅に光が差し込んだように思えて、宏美は、ユキちゃんを抱きかかえたまま顔だけ後ろへ振り向けた。黒い塊がこちらに向かってくる。

——何があっても、この子だけは守る。この子の未来だけは。

宏美は、幼女を抱える腕に力をこめた。

ハルキ文庫

に 2-13

彼女《かのじょ》の遺言《ゆいごん》

著者
新津《にいつ》きよみ

2015年3月18日第一刷発行

発行者
角川春樹

発行所
株式会社角川春樹事務所
〒102-0074 東京都千代田区九段南2-1-30 イタリア文化会館

電話
03(3263)5247(編集)
03(3263)5881(営業)

印刷・製本
中央精版印刷株式会社

フォーマット・デザイン 芦澤泰偉
表紙イラストレーション 門坂 流

ISBN978-4-7584-3884-1 C0193 ©2015 Kiyomi Niitsu Printed in Japan
http://www.kadokawaharuki.co.jp/[営業]
fanmail@kadokawaharuki.co.jp[編集]　ご意見・ご感想をお寄せください。